竹堂餘事

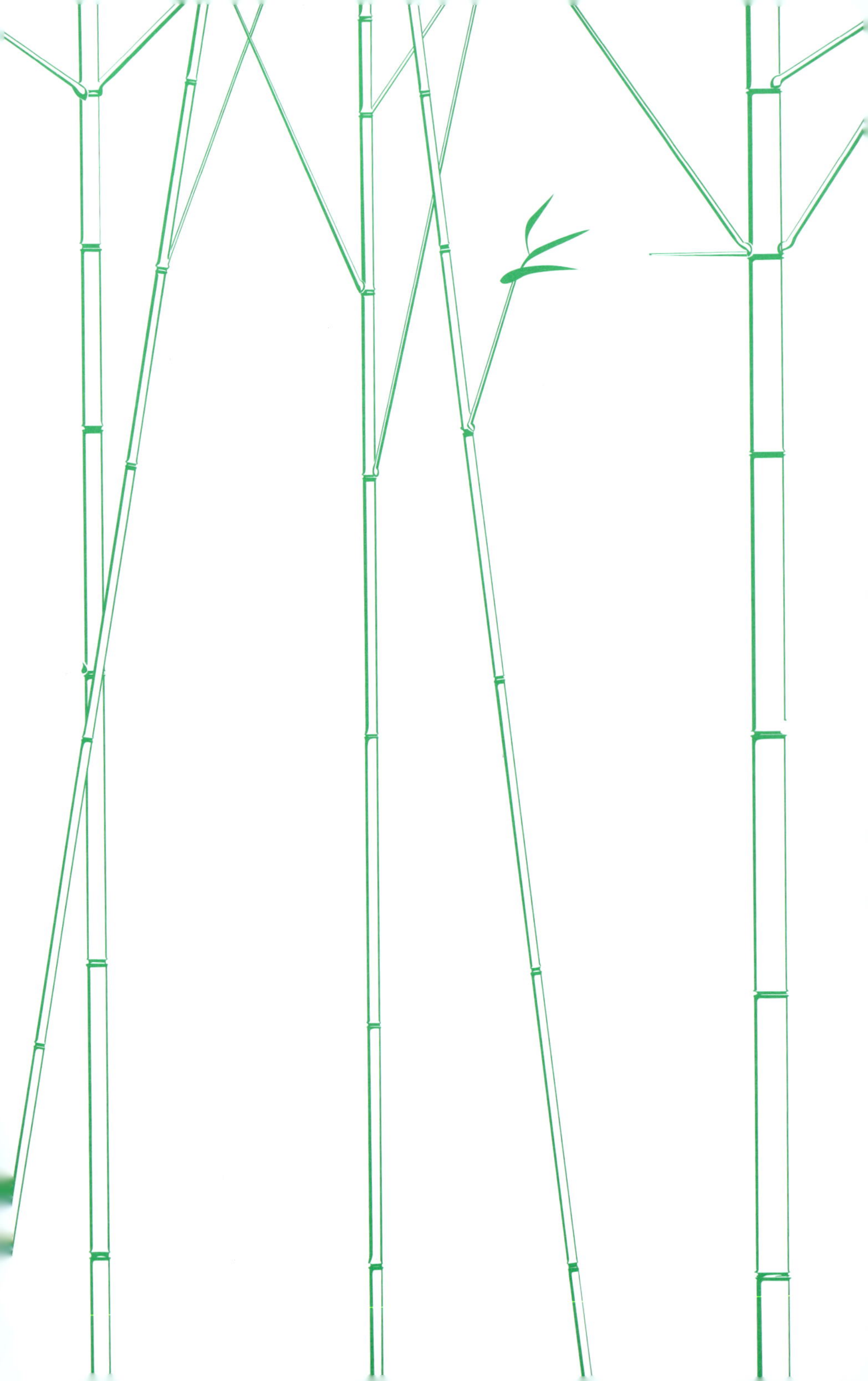

竹堂文丛

竹堂余事

孟会祥 著

海燕出版社

前言

我爱好书法，也做与书法相关的工作，业余爱好不多，所以，笔下文字，十之八九，与书法有关。

这本书，原拟叫《书法内外》，分为“内编”“外编”。其中，“内编”收入的，是书法评论和序跋之类文字，居多是应约而写，很职业化，其实无甚高论。编成自看，有似是而非的感觉。具衣冠坐，敛容自持，端着腔调说话，我是不擅长的，想来也不讨喜，于是一笔勾销。勾销之后，没有“内”了，全是“外”，所以叫“余事”。人生在世，学习工作，力耕糊口，算是正事；行有余力，则以学文，算是多事；讽诵之余，操觚染翰，写将起来，可不是余事嘛。

我这人老实，为人如此，行文也如此，有啥说啥，我心里踏实。如今，在五彩斑斓的世界，你要不整点噱头，可能没有人会注意你。然而，老实人一旦学着矫情起来，会浑身不自在。不能享受过程的事，也不会有好结果，所以，既然老实，那就一以贯之吧。

学识浅薄，无甚高论，年过知命，厌却词藻。人与人之间，如果能共同坐在澡堂子里，各自撩着水，说些闲话，可能算是赤诚相见。

噫，微斯人，吾谁与归?

2019年8月15日

目录

忆往

忆母亲

母亲姓何，单讳一个“兰”字。生于癸亥年七月廿一日，也就是1923年9月1日，逝于戊戌年腊月十八日，也就是2019年1月23日，享年九十七岁。外祖父家居何庄村，离我家白塔寺郭村八里地。母亲以期颐之年，无疾而终，都说是喜丧，然而作为儿子，我体会不到喜丧的“喜”，只感到哀痛和愧怍。哀，在于老人离世后带来的无边空虚；愧，在于没有尽孝，枉为人子。

然而真要回忆母亲，却又不知回忆什么。我在兄弟姊妹中最幼，不清楚母亲早年的事。十几岁外出上学、工作，与母亲相处的时间，竟也十分有限。

外祖父家是殷实的农户，以劳作谋温饱，属于“中农”阶层。外祖父讳荣立，面色白净，身材魁梧，说话的声音很有磁性，是慈善的人。母亲常引述外祖父的话：“恁姥爷说了，吃亏人常在。”“常在”兼“常有”与“长有”之意。“吃亏是福”，善良者以隐忍为本，这话也是聊以自慰吧。外祖父生五男二女，寿过九旬，也算享了福报。外祖母去世时，我才一岁多，全无记忆。小时候在三舅父家见过外祖父母的合影，外祖母身材瘦弱，面貌清癯，带着慈悲的神情。外祖父家一门长幼，率能做事勤勉干练，待人有节有礼，家风可风。母亲在诸舅父姨母中排行第三，是外祖父长女，在家族姊妹中排行第二，小时候去外祖母家，诸舅父称呼母亲为“二姐”。母亲身材不高，自幼瘦弱，然而作为农家女，针线、家务、农活之类，也惯于操持。母亲说小时候织布，曾有大蛇从房顶掉到织布机上。母亲不怕蛇，提到路上扔掉，就继续织布。生当乱世，匪患横行，何庄是个乡庄子，没有寨墙，三天两头听说有土匪杆子要来，全家就得带着衣服细软，牵着牲口到邻村躲避。母亲说，那时候心里想，将来要出嫁，一定要嫁到有寨的村子。而我们白塔寺郭村就有寨，而且，村中脑袋系腰带上、掂枪过日子的人，也不算少。俗话说：“家里没红砖，红砖门口窜；家里有红砖，红砖不敢沾。”号称“土匪窝”的村，倒也真相对安全些。我家也是农户，薄有田地，自耕自足，与外祖父家差可门当户对。解放前的农户，聚族耕织，大锅吃饭，能不忍饥挨饿，就算殷实。然而我家有一项家风小有名气，就是节俭得登峰造极。比如年节，例不买鞭炮，除夕听得邻居燃放，长辈就号召子侄拍手，以助气氛。至于饮食，则是“十里八村有名的赖茶饭”。母亲惯于劳作，不求享福，后来果真吃了大半辈子苦，受了大半辈子罪，也许是命。

我大哥生于1947年1月，推想母亲是1946年出阁的。

1958年初，我父亲在平顶山工作。当时三姐和我还没有出生。母亲以孱弱之躯，抚育五个子女。听姐姐说，那时外祖母常常说母亲：“看你那身子骨，差得很，非要撇下一窝没娘儿不行。”然而母亲挺了过来。我的五个哥哥姐姐，少了一人。我也没有问过少的这个行儿，是哥是姐。后来我父亲看家里难以支撑，就回乡务农了。父亲能写会算，回村后帮集体食堂记账，按常理似乎可以多吃多占，然而父亲天性耿直，一粒米也不曾往家拿过。母亲回忆说：有一次，大哥因饿在田里摘得两穗高粱，被干部追赶。十一二岁的孩子，倘被人追，一般就会径直跑回家里。然而大哥并不向村中跑，而是钻入“青纱帐”，逃过一劫。后来干部怀疑，百般逼问，要求母亲到大队交代，母亲不去，也便不了了之。父亲回来后，家人庶无受胁之虞，然而困窘并不稍解。

那段困难时期，母亲体弱，尤其辛苦。1962 年，我三姐出生，我生于 1965 年，照看我们兄弟姊妹六人，母亲的辛劳可想而知。父亲生前说过，外祖母去世于 1966 年，晚年生病，母亲去侍候。外祖母见母亲孱弱，深加怜惜，对三姐说:“看恁这一窝崽子，都能把恁娘吃了。”三姐说:“俺不吃俺娘，俺不吃俺娘。”大人们只好苦笑。

我记事的时候，哥哥姐姐们多已成人，一家骨肉，平安无事。大哥已经外出工作，人缘极好。大姐性格直爽，二姐做事细密，二哥初中毕业后务农并兼做生产队的卫生员，三姐和我正在上学，父亲和我们兄弟姊妹们的奖状，贴得满墙都是。那时候虽穷，倒是一段幸福的时光。

母亲还是忙而且累。父亲不大管家务，家里的事情，都是母亲料理的。吃饭当然是头等大事。粮食不干净，先要簸之筛之，将土粒儿一一拣净。磨面回来，还要计划着粗细搭配，尽可能换花样。爷爷如在家吃饭，则需要做两样饭。吃了刷了，还要喂猪喂鸡。一应事务做完，还需要上工挣分。说是粗细搭配，其实以粗粮为主。有道是："红薯汤，红薯馍，离了红薯不能活。"只有待客的时候，才会烙几张白面烙馍，供客人及陪客食用而已。客人享用之际，像我这样年幼者，蹭到跟前，客人自然会热情地给卷个烙馍。大人也会佯怒曰："快出去玩吧。"客人知道白面烙馍这等稀罕之物，不能放开肚皮大吃，显得没有出息，适可而止，即是教养。客人不再吃馍，开始喝汤时，陪客就会说："先吃馍，先吃馍。"村人有陪客者，习之未娴，客人刚拿馍要吃，就赶紧说："你搁住馍喝汤吧！"此语不胫而走，遂成乡村戏言。至于买肉，大抵有重要客人及春节、中秋等节才会有的。当时食品场供应市场者，七毛七分钱一斤。我村地处三县交界，有"小香港"之称，有司力有未逮，私宰猪肉，也公然在集市上出售，每斤一元。然而当时割肉者，更想买到的是猪油。有面子的人，才能割到腰窝膘油，回去炼而储之，饭菜月而四十便有荤腥。有道是："庄稼佬，去割肉，不割臀尖割槽头。"臀尖即屁股，槽头即脖子，皆多肉少油，等而下者也。家里如果买了肉，炼油之外，往往煮了腌在盐罐中，以备不时之需。多日无客，母亲似已忘却，往往有异味飘散，才肯烹而食之。家里不管做什么饭，母亲例不先吃。家人都盛了，还要等着回碗，最后有剩下的，母亲才吃。以至母亲到了晚年，每次吃饭也总说："我不饿，你们先吃吧！"

穿衣服穿鞋，那时候都出自手工缝制，极殷实之家才有缝纫机。布票，我乡称之为布证，是极金贵之物。用布证到供销社购买的布料，被称为洋布。等而下者，有直纹的稀布，可做单衣或里料；斜纹布较厚，可做外罩；的确良、凡尔丁、灯草绒之类，则属高档衣料。或称时髦女子装扮："腰一拧，灯草绒；腿一蹬，凡尔丁；脚一抬，尼龙袜子胶底鞋。"布证紧缺，农家织布做被面被里，有时也做衣裳。母亲几乎夜夜纺花，我童年时期，就在纺花车吱吱声中入睡。做鞋需先整布做袼褙，捻麻绳，纳底子，大抵晨昏雨雪，操劳不止。1978年我上高中后，冬天穿棉袄，还没有罩的褂子。可能是1980年吧，家里为二哥和我各做一件外罩的斜纹布（俗称蓝呢子）褂子。二哥生于1955年，个子低，那时我的身高和他差不多，不知何时，两件我都穿过了，以至二哥外出工作时，竟然无新衣可穿。那时候，出门穿上新衣，是基本的自尊。有道是："新三年，旧三年，缝缝补补又三年。"母亲常常教育说，衣服破旧倒不要紧，关键要干净。然而我天性不爱干净，好在不爱运动，倒也不甚费衣服鞋袜。

安排一大家子人的吃穿，有做不完的家务，尽管姐姐们也都勤快，母亲还是常常劳累不支。我们乡称做家务为"捣杂"。母亲常常抱怨父亲："一个钱的杂都不捣，一百条都得我。"然而抱怨之后，还是劳作如故。想20世纪80年代，大哥二哥先后病殁，母亲不知付出了多少辛劳，流过多少泪水，受过多少邻里的嘲笑。堪堪挨过灾祸，三姐和我也先后工作，家境似有转机之时，父亲的老慢支也越来越重了。大抵进入90年代，尽管有三姐常年护理，每年冬天，父亲都要鬼门关上走一遭。不知何时，母亲积劳，也患上了哮喘。父亲晚岁卧病日久，也变得焦躁，常常无意间责怪母亲。记得有次他对母亲说："你不要再伺候我了。"母亲似乎也很生气，然而说："我不伺候你我有罪，这是我的命。"

但凡贫穷，病患，变故，亲戚邻里间是非，族眷妯娌间短长，任劳，负重，吃亏，受屈，母亲都安之若命，百折不挠，还要拿出矜持要强、贫而好礼的态度。母亲不识字，不知道"韧性""旷达"这类字眼，只以日常为修行。

也许是生活状况的原因，母亲鲜有言笑，也没有娱乐生活。

我上学那一年，还不足五周岁。上午去上学，带着学费，好像是一张破旧的五角钱，到学校后发现丢了。中午回家说了，大人没有怪罪。下午又带一张，又丢了。下午回家，父亲脱了鞋作势要打。我是幼子，从小娇惯，没有面临过这种情况，一时无措。母亲就对我说："还不跑？"我赶紧就跑，父亲一步也没有追。我上学过早，同学一般都比我大两三岁，偷我的东西，我实在无以防备。我上学的头一年，几乎每天丢一根铅笔。把铅笔拴在衣服上也不能幸免。所以，"人之初，性本善"，压根就只是良好的愿景而已。孟子谓性善，荀子谓性恶，角度不同而已。若回到“异于禽兽者几希”的层次，人与禽兽，果然倒也无甚分别。

我五六岁时，有次放学回来，感觉非常饥饿，径直到灶火找馍。一般情况下，早上拍的红薯面饼子，都会有余剩的，而那天刚好没有。我跑到母亲身边闹，说我要吃馍。母亲站在西屋的门口，说一会儿就做。我说我现在就要吃。母亲说，那我没有我咋弄？我还是拉着母亲的衣襟闹个不停。母亲说：你看，我们跟《收租院》上的泥塑人多像。倒也真像，《收租院》中似乎真有这么个情境，母子骨瘦如柴，儿子嗷嗷待哺，扯着母亲的手仰面看母亲，母亲无奈而痛苦。我心中宛然便有成了泥塑的感觉。我的记忆中，这是我唯一一次的无理取闹，也是母亲唯一一次的玩笑话。

也是这个年纪，我记得母亲带三姐和我看过一次戏。应该是一个夏夜，村里要演戏，演出的剧目，是村里自己排的《千万不要忘记阶级斗争》，还是《红灯记》，我记不清了。我们搬了条矮长凳。开演的时候，母亲还拿出来几个杏子，说：“吃了核不要扔，这是八旦杏。”八旦杏仁不涩苦，可以直接砸了吃，“八旦”是古代波斯语的音译。我们生产队里只有一棵八旦杏，想是分杏的时候，单独分来的。这大概是我们唯一一次跟母亲看戏。母亲不识戏，几乎也没有看过戏。晚年两耳重听，更不看戏听戏。我印象中，母亲也没有看过电影，更没有打过牌。母亲的生活中，大概没有娱乐这一项。母亲晚年虽然听不清，偶尔也看电视，能认出国家领导人甚至一些外国元首。

小时候，跟母亲去外祖母家，算是一项重要的活动。春节、六月十五何庄庙会、外祖母忌辰等，都会去。一般是三姐和我跟随母亲。母亲爱干净，出门前，总是让我先洗脸。我洗脸如猫盖屎，三下两下就完事。母亲就会交代，把脖子里、耳朵后面都好好洗洗。我只好再三下两下洗一遍。母亲就会说，看那脖子上的灰，跟锅底一样，摁住我的头再洗，耳朵后面和脖子上，有生疼的感觉。衣服也要找干净的换上。我五六岁那一年吧，六月十五去何庄赶会，找不到整洁的衣服，母亲似悻悻然。刚出门遇见邻居打招呼，母亲说，恁看，连件像样的衣服也没有。恰好邻居家给他们家孩子买的一件背心，大小不合适，就转让给我了。背心是白色的，胸前印着小鸡在篱笆下啄食的图案。这是我记忆中第一次穿上买来的衣服，而且是从大城市捎回来的，体会到了虚荣的快乐。去姥娘家总是欢乐的，可以吃到好吃的，玩到好玩的。特别是春节，在三舅父家可以吃到大米熬的稀饭。吾乡不种水稻，大米相当稀罕。压岁钱一般都是给两毛，三妗母总是发三毛，而且是崭新的票子，我们叫“割耳朵票”。少小时不知礼貌，母亲总是教育，遇美食美物，非予勿取，要矜持谦让。后来年龄大了，我的性格却变得内向起来，不大乐意串亲戚。母亲又总是教育说，要来而有往。

晚年，三姐照顾母亲最多，三姐、三姐夫，以及侄女等往往变着法儿哄母亲开心。母亲年纪大了，心力渐减。比如三姐为母亲买衣服，母亲嫌她花钱，就会不高兴，甚至不穿。三姐就说，这一件，是单位发的福利；这一件，是商场搞活动赠送的等等，不要白不要，母亲就会高兴地穿起来。母亲也喜欢在大姐家居住，一辈子，母亲都嫌大姐做事不仔细，随时加以批评，大姐则不甚服，这也使母亲感觉还有很多重要的事情要管一管。偶尔出游，母亲就会很高兴。特别是去平顶山，几个外甥都在那里工作生活，母亲挨家看过，很是满意。后来又说记不清了，又去了一次，外孙外孙媳重外孙等，推了轮椅在郊外游赏，大概是母亲感到最幸福的事情。近些年，孩子们多有所成，还算丰衣足食，母亲是满意的。母亲一生，逆境不屈，顺境不骄，总保持着平等观和平常心。我和妻子奉母亲去过一次开封，绕着潘杨湖转了半圈，考虑到母亲的身体，以及轮椅不便，没有进龙亭公园，吃过饭就回程了。后来母亲对三姐说，没有进去，也不知道三宫六院什么样子。龙亭没有三宫六院，其实母亲一直想去北京一趟，特别是我儿子在北京工作后，总想去看看。只是母亲的年纪、身体，早已受不了舟车劳顿，这一愿望竟未能实现。

孔子说："及其老也，血气既衰，戒之在得。"俗话说"老换小"，人到老年，心理会回到儿童时代，贪于物欲，也是人之常情。而母亲对身外物，则好像从不挂怀。不拘谁看望母亲，拿的什么礼物，母亲似乎从来不看，只交代不要花钱。母亲喜欢粗茶淡饭，再鲜见的食物，母亲也不过浅尝辄止，也从未表现出对什么东西特别偏爱。

然而有件事，母亲却一反常态。老家地里有几棵桐树，经堂哥的手卖掉了。母亲一直说没有给钱，又一直询问院子里的桐树。其实院子里的桐树也早已伐掉卖了。母亲念叨得多了，我们只好给母亲说，树卖了不少钱。然而母亲随后还是多次询问。后来想想，才知道母亲其实是担心身后的棺木，如果自家有树，就会省钱。棺木我乡讳称“大棉袄”，老年人是看重的。母亲最后的一段日子，问过我关于棺木的事。我给母亲说，村上有寿材店，一旦天塌地陷，可以随时购买。我们肯定不会要最好的，但至少要比父亲的好。母亲也没有说什么。

我儿子在北京工作后，随即结婚，租房而居，费用不菲。我儿子在他的表弟兄中，也最幼。母亲说，别人都有房子，就他没有，很是着急。别人孝敬她的钱，都给了我儿子，说要买房。我从小就受父母偏心，这种偏心很自然地转移给了儿子。在母亲看来，孙子才是家庭价值的核心。去年春节后，母亲尚余一些钱，元宵节前几天突然神志不清，不认识人，厉声呵斥身边人，说不要动她的钱，她的钱是为孙子买房准备的。后来住了几天院，恢复了过来。夏秋在大姐家住，倒也平安。

入冬，母亲来郑，小坎肩的两个口袋里，用塑料袋包着两包钱，隔三岔五，都要暗暗数一数。也是这个时候，儿子看好一处房屋，我们决定购买，免不了向亲戚朋友借钱。母亲听到了，坚执要把钱给我。我拗不过母亲，就接了过来，把两个塑料袋合在一起，数了数，是两千九百元。我想，可能是三千元，不知什么时候少了一张，就赶紧加上一张，包好，放了起来。原想春节回家时，这三千元还给母亲，再为母亲换些新钱封红包用。第二天，母亲问我：“钱邮过去没有？”我说邮过去了。母亲又问：“收到没有？”我说，现在汇钱，这边一点，那边就收到了。母亲以为是“点燃”的“点”，惊问：“什么，你把钱点了？”我说，是手机上，手指一点，那边就收到了，母亲这才放下心来。也就在母亲去世的次日，钱物两讫，儿子算有了聊避风雨之所。然而这件事，却全无告慰之感，倘若再多费几年周折，母亲心事未了，也许还能再活几年吧。

母亲既孱弱，又高寿，除了哮喘，身体倒也无大碍。偶尔吃点助消化、清火的药，偶尔会感到不适而吸氧，饮食睡眠都还可以，妻子侍奉也很尽心，就觉得这样平静地下去，一切如常。母亲倒常常关心我和妻子。晚上睡得晚了，母亲就会说，千万不敢熬夜，身体会吃亏，等你们意识到的时候就晚了。妻子有一次晚上出去学瑜珈，回来有点晚，母亲三番五次催我打电话。我说，就在楼下街角学习，很近，不用担心。母亲说，你可不要大意。母亲等到她回来，才去睡。

然而，正因为这样，对一些细微的变化，没有注意。

以前在楼上住，母亲常常站在窗口朝楼下看，差不多每天，都要在阳台上坐一会儿。这一次，她很少站窗口往外看。到阳台，也需要劝了又劝才去，坐一会儿，就会觉得累。过去不拘谁看望母亲时，母亲总是说，没事不要来回跑，这次母亲天天念叨着想让别人来看望。我和妻子都说，眼看春节就要到了，我们回老家过春节，想见的人就都可以见了。母亲叹息道：“哪会等到那时候？”老年人常常会说，不知道哪天就过去了，有时候早上起来，会问：“这是阳间还是阴间？”

说的次数多了，我也不以为意。有次母亲给我说："咱回老家吧。"我说："老家已经多年不住，没水没电的，没法回去。"母亲说："就在饭店买点饭，那会花多少钱？"我说："吃那饭会是常事？"总之是没有在意。

有次母亲还说，我们老家老宅的地气好，有两个邻居老太太，都寿至百岁。我想，母亲心力尚强，百岁并不是奢望。

2018年12月17日晚，母亲没有吃晚饭，把母亲扶到客厅坐了一会儿，解了手，仍然不吃东西，说要躺下。午夜，不适，我让母亲吸氧，母亲坚执不吸，也不躺下，围坐在床上，让我先睡。我躺了一会儿，两三点过去看母亲已躺下，呼吸平稳。第二天早上，母亲没有起床，我过去看看，呼吸平稳，脸上也没有痛苦，就去上班了。可能到快晌午了，母亲还没有起来，妻子叫不醒母亲，就赶紧给三姐打电话。我从单位回到家，一会儿，三姐、外甥女、侄女、外甥都到了，母亲神志不清，水米不进。看这情况，立即就往老家赶。到家，把母亲抬在床上，大姐一看，说，不行了。

母亲一天也没有让我们在床前行孝。再喊娘，娘再也不会答应了。

2019 年 4 月 28 日

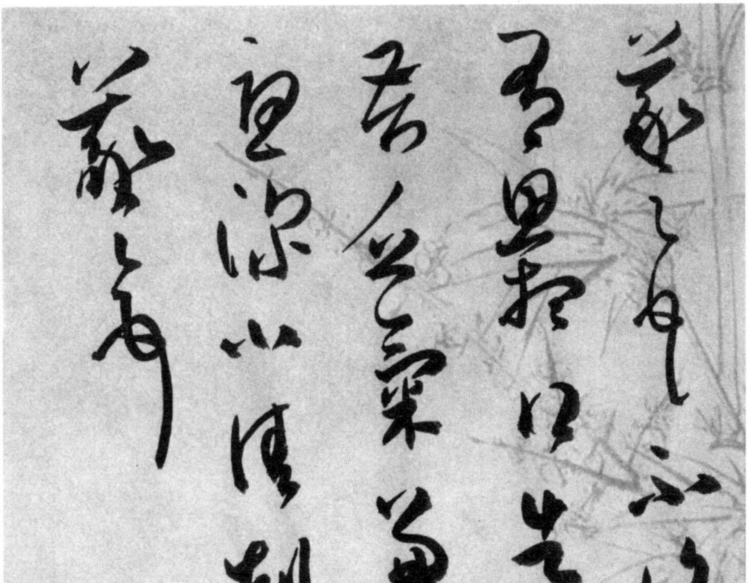

房子

前天晚上喝了一杯雪菊，玛瑙般的颜色，十分可爱，然而睡觉的时候，却无论如何也睡不深。迷迷糊糊中，感觉回到了老家，几个亲戚在路口，相互争着要留饭，似乎有点儿无法推辞。最后我说，既然这样，那就先到我家吧。路口离我家的三间瓦屋不远。蓦然回首，三间瓦屋似乎变成了两层的小楼，瓦灰的颜色，还颇有点“腔调”。走近时，又乍一回首，却找不到小楼，也找不到瓦屋，邻居家房舍依旧，我家的宅院，变成了一片空地，种着茶杯粗细的树。于是我感到莫名的怅惘——虽然下有立足之地，而上无片瓦，这就像失去了根本，萍飘之感涌上心头。醒来，知道是梦，然而还有酸楚的感觉，睡意全无，只能赖在床上等待天明。

于是，我想到了住过的房子。

老院

我爷爷留有八间房，我父亲弟兄四人，分爨时，各得两间。我父亲居长，只能分到最别扭的搭配，即堂屋的西头一间和西厢房北头一间。堂屋与西屋之间，只有三尺胡同，所以堂屋很暗。一间堂屋之北、之西，一间西屋之东、之西，是为院落。而西屋之东的院落，又有我家和四叔家共用的道路，所以我家真正的院落，也就是穿过过道之后的一溜儿“L”形的地方。堂屋之北的一小片地方，盖起一间草房，是为厨房，于是“L”形就成了“I” 形。后来，我大哥结婚，草屋厨房改为父亲和我的住房，在草屋对面，又搭起半坡式的一个草棚为厨房。厨房，我们家乡又叫“灶火棚儿”，这可真是灶火棚儿。所剩地方，南北依次为厕所、猪圈、粪坑。八口之家，如此逼仄，即使在当时的农村，也是少见的。爷爷的八间房，均四分之，他自己也便无处居住，父亲为爷爷买一间房。为买这间房，说是有一年春节，我家没有割正经的肉，只买了些猪下水过了年。这间房为三间东屋的北间，破窗为门，门前三尺即是另外的房屋，常年无光。爷爷老到不能自己照顾自己时，在我家和三个叔父家轮流居住，我二哥住了这间房。居室无光，我常常觉得不利于性格的养成，大抵环境幽闭，心也容易幽闭，所以我后来卜居，先要注意南向的窗子。

我大概五岁时，跟着父亲睡在西屋。靠墙一床一桌，东窗下是母亲的纺花车，依墙放各种农具。有客时，把母亲纺花坐的草簟移开，置一小桌子，也便是客厅了。母亲常常晚上纺花，纺花车吱呀有声，把棉花抽绎成棉线。棉线缠在锭子上，渐渐就变成了白胖的线穗。这样的棉线，还要经过处理，然后在织布机上织成布，再做成床单、被里，或者缝成衣裳。所谓“慈母手中线，游子身上衣”，见过从棉花到衣裳的过程，才能真正理解这句诗的内涵。在西屋，我睡在父亲的脚头儿，父亲总是怕我冷，教会我裹被子，把被头儿窝在脖子里，胳膊压着被边儿，风吹不进，酣然而眠。我睡觉是平躺的，据说是有足够的安全感时才会这样；而我父亲，终生只会侧着睡。也是在西屋，一庹见方的地方里，父亲还教我一套拳。这套拳叫“总锤”，是少林武术的入门拳法。学会了套路，父亲说没有用，功夫必须“拿架儿”。拿架儿，就是动作的标准化，要伴随着力量训练。我不是学武之材，又因为上学，所以没有拿架儿。到现在，只略记得有“童子拜佛”“白猿献果”“黑虎掏心”等招式名字，动作一个也记不清了。

堂屋里，一张大床住着我母亲和三个姐姐。姐姐们大了，住不下，大姐曾住过棚上。所谓棚，是架起的木板，以放置粮食和不常用的农具。棚上南向开着一个小小的花门儿，用以通风透光。偶尔，我会到棚上，透过花门儿看外面，也算初步感受“登临”的况味。记得有一次狂风大雨中，我坐在花门儿旁看三尺之外的西屋北山墙。雨点凶悍地砸在山墙的土坯上，一方方土坯，乍似庙宇中的塑像，狰狞可怖，后来在不少寺庙中见过天龙八部，约略相似。西屋的窗前，种着一株白椿树，风大雨大，一阵阵风把树梢吹偏，而树梢又倔强地扭回来。后来，听《命运交响曲》，以及学到“蹂躏”这个词，我就常常想到当时的这棵椿树。花门的狭窄，胡同的幽暗，风雨的侵凌，椿树的不驯，或许就铸造或折射出了自卑、敏感、隐忍与百折不挠。文化史有所谓地理决定论，我是相信的，大到国家民族，小到一家一人，若非因奇遇而轨迹突变，其性格养成与履历，倒真是环境决定的。

母亲曾规划过，拆两间屋，靠北改建为南向的两间房，若盖成泥灰砸成的平房，所费亦不甚巨，这样曲折狭窄零碎的院落，也会变得方方正正些。然而终因缺钱，没有变成现实。后来，老院西屋，盖西院时拆了。堂屋一间，后来堂弟居住时毁于祝融之灾。整个院落，后来归堂弟，盖了新屋，乃无一丝遗存了。最初的回忆，房子，或者说家，已经无迹可寻。记得前几年回去上坟，大姐说起，她专门去看老院的所在，不见一丝踪迹，说是想哭，其实我的感受也一样，只是没有说。

南院

南院的三间房子，是1975年建成的，那年我十岁。之所以记得年份，是因为好像大哥在门框上写过“乙卯年建”几个字。

所谓南院，即在老屋之南。当时我家八口之家，只有两间正经的房子，实在狭窄，按说划一片宅基地是应该的。但父亲虽然做生产队长，却平生不爱张口求人，硬是没有划。生产队的老炕院，后来要搬到寨外，乃以若干钱购其一半，得半个宅基地大小的地方，可盖三间东屋，屋前也就丈把宽的院子。一半的宅院，带来种种不快，是后话。

房子是土墙，仅以青砖镶门口和窗口。山墙用土坯垒成，也仅在前墙与山墙相接处，以及山墙顶部用些青砖。土墙只需要和泥垛墙，虽费力但省钱。而脱坯是技术活儿，必须央人。我约略记得央人打坯，除工钱外，还要管饭，隆重地割肉切豆腐款待。一次吃饭，师傅说起一档饭菜一档活计的话，分明是嫌菜中肉少，于是下个集市，还要多买些肉；肉多，土坯才能结实。房顶的材料，出于东拼西凑。那个时候，我爷爷开始在我家和三个叔叔家轮流居住，所以早年为他买的那间房拆掉，可得差不多一间房的木料砖瓦。我家老院后，还有一个院落大小的宅基地，父亲弟兄四人，均而分之，各得四分之一，无法盖房起屋，但可以种树，那时所种泡桐，现在也有檩条粗细了。只有椽子和瓦，必须花钱去买。买椽子时，父亲带了八十块钱到合作社（当时的商店），转眼就丢了。记得那天我放学回家，见父亲躺在床上，唉声叹气，赶忙上前问怎么了，父亲说："恁伯（爸）老没成色呀，一下丢了八十块钱。"父亲一向不在乎得失，我从来没有见过他如此失态。据说，有人看见邻村一个以扒窃为业者，那天曾在合作社出现，建议父亲托人问一下，父亲也并没有问。盖房子时，除了请木匠师傅们，街坊邻居都来帮忙为师傅们打下手，叫"工作"。那时"工作"不收费，叫"打官脚"，"官脚"这两个字，我不知道是否这样写。旧时租赁骡马供人乘骑，或赶车供人乘坐，叫赶脚，想必官脚，是为官方役使，不得收钱吧。盖房起屋，算是大事，当时来了几十个人“工作”，好不热闹。事后，记得一天晚上，父母在一起细数来人，念起相互的恩情，十分欣慰。在父母心里，得到邻里的敬重，就是最大的安慰。盖这所房子，除家人数载劳力劳心外，好像是花费千元左右；那时我家八口人，在生产队年终分钱时，最多的一年，可得三百余元，平均下来，一天不足一元用度。那时，一个成年劳动力的日值是五角钱，包括分得的钱和粮食、蔬菜等一切物品。

1982年，大哥死在这所房子里。因宅子是原宅子的后一半，不临路。前半宅子认为出灵应走毗邻的另一院落。此院与邻院间，只有三尺宽的过道相连。天下哪有出不了灵的宅子？世上龃龉不可免，记仇或不必，而伤心总难免吧。大哥殁后，母亲甚是思念，专门住在这所房子里，想见其魂灵，终于没有见到，也便不大信有鬼了。

后来，村里规划宅基地，堂哥想用这块地，打电话问我，我说好，也就没有再看一眼这房子。

寨外

寨外老场地的房子，算是西院，大约是1980年建成的。南院之后，家里居住仍然逼仄，二哥也到了寻媒的年龄，好在终于划了一片宅基地，全家人忙碌数年，此屋始成。我当时正在读高中，没有出过多少力，对盖房的过程，也记不清楚。整个八十年代，基本上是我家的黑暗年代，疾患和贫穷是基调，这所新房，并没有带来多少欢乐。

在这所宅子里，我有三次关于蛇的记忆。一次是夏天，我坐在屋外复习功课，屋外还没有院墙，盖房用剩下的石料，垒成一圈矮墙。突然，矮墙石头缝中，一条小蛇伸出头来，用冰冷的眼睛看着我。我是怕蛇的，乍见到蛇，反而有消灭的冲动。我朝前一点，它后退一点；我后退一点，它就朝前一点。我感觉受到了挑衅，同时感到不安，于是回屋里拿了把铁锹冲出来，它也窜出来，并疾速逃去，我没有追上。还有一次是秋天，矮墙南墙根种了些梅豆，我去摘梅豆，刚伸手握了一下梅豆秧，整棵梅豆却剧烈地晃动，我一愣神，见一条青蛇哧溜一声从梅豆秧上窜下逃走了。还有一次，我在床上睡觉，听见桌下有咝咝的响声，下床俯身一看，一条指头粗细的蛇倏地钻进了墙根的石缝中。我不知哪来的胆，一把拽住了蛇尾，想把它薅出来。蛇鳞不可逆，还真薅不出来，我猛一用力，蛇断为两截。不知后来它的前半截，是否还能复生。有人说只要蛇胆无恙，它就能再长出尾巴的，然而后来也没见它复仇。蛇这种动物，除了毒蛇，攻击性并不强，然而通灵的传说，以及冷血的体质，都令人害怕。也有人说，人类早期与爬行类动物有过你死我活的争斗，所以基因深处，保留有怕蛇的密码。那时自然生态尚好，房子又紧挨着田野，所以有蛇并不奇怪。

寨外的房子，是父亲最先住进去的，我周末或周三回家，也随父亲住那里。分产到户之后，父亲在这房里也曾养过三只小羊。父亲告诉我，养羊的收入，每只羊羔每天约可得一毛钱。想我1982年外出上学，每学期一般带走八十元钱，并不是一个小数目。上大学后，我就学会了买书，八十元钱是不够度用的，大姐、二姐往往接济，还为我做鞋做衣裳。特别是三姐，刚参加工作，每月工资二十多元钱，有时在挂号信里，给我夹十元钱，她的清苦也可想而知。最后一学期，我谈恋爱，不免用钱更多，记得五一前后回家一次，临走时，父母向邻居借了几十元钱。我揣着借来的钱离家，也开始体会到生活的不易了。

草民的人生，无甚波澜，然而从微小处看，也未尝没有沧海桑田之感。数十年过去，老家的房子，就剩下这一所了。今年正月初六，与侄女、儿子、儿媳一起回去，侄女、儿子都曾在这里生活过，儿媳是第一次看见老家，他们一定会有不同的感触。即便是我，也每每于半梦半醒时，想到假若有一天走投无路，不知我回到老屋，还能不能继续生活——也只是想想而已。每一寸土地，都为国家所有；每一所房子，都有它的寿命，“老家”这个字眼，现在是十分孱弱，甚至是虚无的。

宿舍

1986年，我毕业分配到一所师范学校教书。分配时的种种不如意，初涉社会四面漆黑的种种感受，一言难尽。开始是不愿回忆，后来也就居然忘了。

然而，住过的宿舍并没有忘。

最初，我被安排到四楼顶楼一小套三室一厅的最小的一间房中，而且是北向，不见阳光。那时学校还没有教师办公室，宿舍兼办公，给配了桌椅书橱，我自己买了一个布艺的衣柜，便俨然是家，第一次拥有自己独立的空间，有些小兴奋。没多长时间，菊花开了，我买了两盆，袅娜地绽放，破了不少岑寂，给心灰意冷的秋冬带来了莫名的慰藉。

一次一个同事问我："让你住小屋了？"我说："是啊。"他说："你真好说话。"这对我打击很大。我的卑怯与老实，开始承受要承受的。不过，还有一次，一个同事问我："让你住小屋了？"我说："是啊。"他说："这可是个好地方，某某曾在这里住，终于学有所成。"他说的那个人，早已调离，现在我也记不清名字了，大抵是学有所成吧。然而当时的我，总是被失意落魄的心情笼罩，除了程序化地工作，也真没有多想未来。有了工资，吃饭、买书，不由得放纵了些，初当家不知柴米贵，也不以窘迫为意。

过了一年多吧，住南向大屋的金军兄分得了套房，我取而代之，得住大屋，一时觉得宽敞了不少。记得我买了一张沙曼翁书法的印刷品，文曰"读万卷书行万里路"，隶书横幅，贴在墙上，便觉雅宜，心境似乎也好了点。是年新春，张玉玺自确山来访，同游紫云山，采得迎春数枝，插将起来，不数日，便绽放了金黄的花朵。等到迎春花又一年开放的时候，我就要与同事陈素娜谈婚论嫁了。尔时，学校也正要调整住房，以我们的资历，只能一人分得一间房，还不能拥有套房的宿舍。学校南墙根，有几间单间，我向往我们夫妻二人各得比邻一间，也相对独立，比住套房三室中的两室，可能方便些。然而校方在会上说，夫妻教师的宿舍，不能是挨着的单间。不知道这是什么仁政！这事过去三十年了，我其实并不记恨当时当权的人物，只是记恨这种弱肉强食、软地好起土的丛林法则。人们常说好人有好报，现实中却恰恰相反，好人吃亏，恶人占便宜才是常理常情，若非大关节，不予计较或竟无力计较，也便是所谓超脱。人生在世，赤条条来赤条条去，即便钟鸣鼎食，也真未必有青菜豆腐心安，些小不如意，转瞬也就过去了。于是我们住了我当时住的大房间和曾住的小房间。另一间，尹继才兄住，成了最近的邻居。继才兄夫妇，都是善良的人，我们相处得非常好。

在这两间房中，儿子降生。

后来，学校又盖了一栋小楼，我们分得顶楼四楼的两室一厅，面积才四十多平方米，然而毕竟是一个独立的家了。我是从这个家出门务工的。

城墙外的房子，是集资所建。世纪之交，房改已经过了，所以总得有个自己的房子，心里才踏实。况且，当时我总感觉在外属于漂泊，作文作书，也往往落上“客郑”的字样。房子分三次付款，到最后付款时，真是穷困至极，偏偏在外也百无一顺，日子过得数米量柴。平日我虽穷，也乐以微力助人，但当自己需要别人帮助的时候，却难以开口。当时甚至说过“要不起就不要”的气话，说是气话，也不全是，真到最后无力付钱，放弃也未尝不可。好在天无绝人之路，坎总算是过去了。记得最后有了点辛苦所得，并且确定能够借到钱的时候，我骑车回租屋，大雨滂沱，道路泥泞，只能扛着自行车。到马路边，掏出电话卡，打公共电话给妻子通报情况。冷雨打在脸上，却有一种化险为夷的温暖、踏实和轻松。而对曾经帮过我的人，我永远都不会忘。

2001年，拿到新房，铺了地板，装了灯和门锁，就住了下来，直至如今。

寄居

出门打工，赁屋而居，与房子的感情淡些。虽淡，毕竟也是有的。

我不乐交游，也不愿开口求人，有时候倒享受这种人海藏身的孤独。初到陌生的城市，我没有投亲靠友，也没有亲友可以投靠，先住在东家单位附近的小旅店。好在没有几天，东家就准许租用他们废弃的旧宿舍。套房都空着，不准租，说实话，让租也租不起。我租住的，是两套房中间夹着的一间书房，十几平方米的面积，有阳台，还有厕所，租价是每月90元，当时的工资，约略记得是800元，倘若全勤，可再得200元。租到房子的当天，我买了一张床，480元，睡在自己的床上，便觉安稳了许多。俗话说“在家靠娘，出门靠墙”，睡觉的地方，称为“归宿”，实在大有深意。后来买了一张书桌和一只书橱，好像也是480元，又锅碗灶具收音机之类，用光了我从家带来的钱，安顿了下来。当时我年三十二，以为到了琅嬛福地，其实对打工的性质等，竟一无所知。

此屋虽小，却家人、亲戚、学生、朋友不时而来，至今历历在目。屋小如掌，已不设笔砚，我偶尔用水在地板上写两笔。其地板刷的是浓绿色的漆，绝不滞笔，水迹将干未干时，俨然有生宣上的效果。做饭是在阳台上，风大时颇为不便，风小时却可执瓢勺观街景，别是一番滋味。

一年有零吧，东家不让租了，只好另寻住处。但我竟不知向何处问房，同事有个小亲戚，在姚砦租房，问明价格，随即搬去。一室一厅，记得好像是150元月租。其房在村南边缘，东邻107国道，也就是现在的中州大道；南邻旧货市场；一条小河穿旧货市场而东，水黑如墨，臭气熏天。白天上班，晚上归宿，看书写字之外，常常独行于叶脉般的街巷，算是对都市村庄有了深刻的认识。房东对租客审查颇严，为安静，也为安全，只让上班的住，不让做生意的住，然而仍然挡不住有贼，我十块钱买的一辆旧自行车，居然也会被偷去。房东老两口人极好，从不催房租，到期去交，还会礼让一下再收下；遇到雨雪，会为房客收下晾晒在屋顶平台上的被褥。此处的房子，地板是水泥地，倘若不勤于打理，浮灰若有若无，蘸水写字，颇类生宣，涨墨处水气淋漓，渴墨处游丝牵萦，尤其适宜临王铎大轴。总之，我觉得在此处居住甚好，后来修立交桥，我住的房子被切掉，往北搬了一点，切掉房屋残留一米宽的地方，房东给改成了阳台，愈发觉得温馨。

记得有一年，妻子带儿子去北京，坐汽车回来，即从107国道下车。我在屋里独坐，听到钥匙响，正诧异，儿子活蹦乱跳地进屋了。那时我没有手机，连传呼机也没有，这个惊喜的画面，至今难以忘怀。

2001年，我换了个地方佣工。2003年，搬到黄家庵，房租180元吧。在这个房子里，我买了电脑，还装了个电话，骎骎进入了现代的生活。黄家庵各个小胡同的路，什么地方有坑，什么地方平展，我都记得清清楚楚，晚上踽踽走过，尽可以不看路，想一些该想不该想的事。想着想着，头发白了。

一住六年，房月租可能是360元时，买了个二手房，离开了。

买房

没有钱的人，总是把握不住机会，房子调控了几十年，涨了几十年，只有眼睁睁地看着。住房、教育、医疗，最基本的生活需要，占用了大多数家庭的主要支出，使许多人无以喘息。眼见得房子涨得无休无止，我有了点小积蓄之后，也想自己买一间，不再看二房东的脸，不再觉得居无定所、飘蓬无依。对房子的要求，只要能避风雨，有阳光，有睡觉、写字的地方就行。我因行末，从小不能理事，感觉就务工地左近，买个二手房，最为便当。

不想再回忆买房的过程，都过去了。在原房主户籍、储藏室、物业费等问题上，合同写明或没写明的事情上，使我颇费周折。我原先认为，世上的人都是与人为善的，其实并不是这样。一屋之事，郁郁数载，也罢。房子无电梯，无暖气，院落狭小而丛杂，可谓百不如意。好在妻子是个乐观的人，不但不埋怨，还总是劝解我。

其实对于我来说，这倒也真已经不易了。大抵务工所获，吃穿洗理之外，房贷、物业费、养车费、养老保险费、居民医保费、电费、水费、电话费、网络费、有线电视费，间或再有个小病小灾吃药打针之外，几无剩余。我会写字，算是有一技之长，常有朋友馈以烟酒食物，甚或慨然赐润，使我自活之外，还能有所节余，真要感谢上苍了。

然而我儿子也已谋职京华，我爱北京天安门，那地方什么都好，就是房子太贵。不由自主地，我看到所有的房子，都不会赞美，反而会畏惧乃至憎恶。所以然者，伤哉贫也。转念一想，还是与阿Q为伍有道理，即便是房产大鳄，也没有自己的房子，无非是多少年多少年的使用权罢了。人生如寄，从未露宿，岂不是大欢欣？善哉，善哉！

此文早已开头，十几个月来，都无心情写这些东西。今日坐在电脑前，无论分说煞尾了事。

2019年1月1日

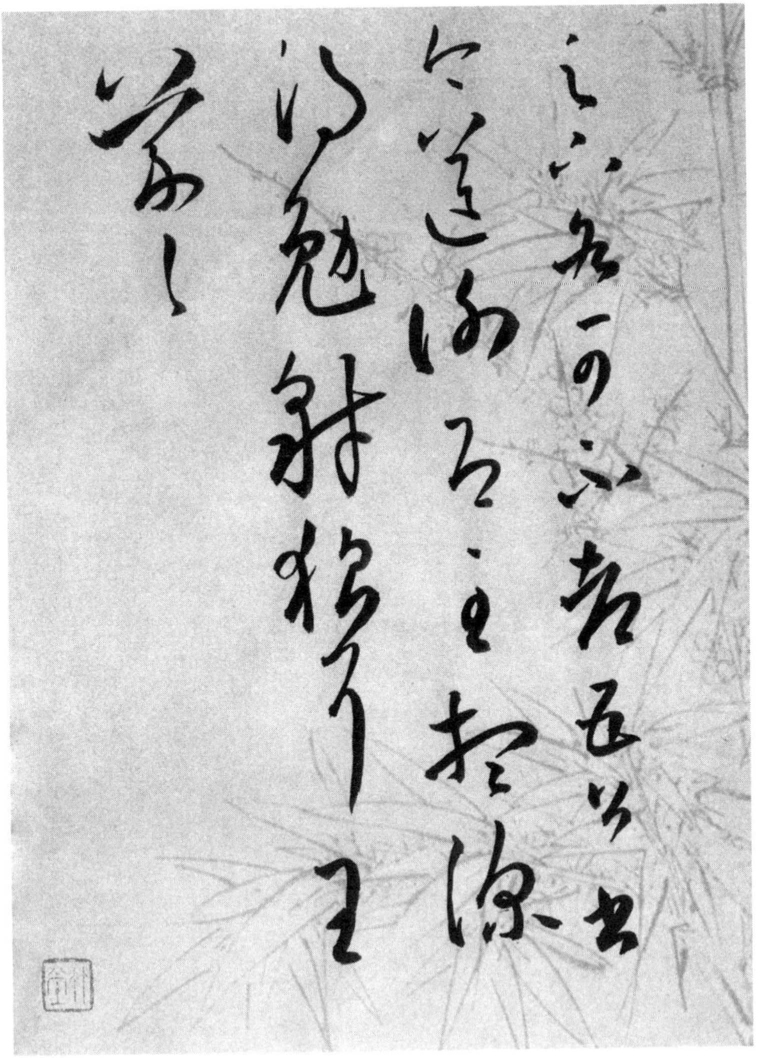

饭市儿

20世纪80年代前，农村是有饭市儿的。饭市儿是大家自由聚拢吃饭的地方。不知道为什么，那时候，男人们不习惯在家吃饭，必端了饭碗到门外，围坐一处，吃着说着，才算是一顿饭。除非来客，男人吃饭，必至饭市儿。

饭市儿随处皆有，规模与村民组相当，有二十来户人家，就组成一个饭市儿。

我小时候参与的饭市儿，就在我家门口。我家门外的路东西向，路南靠西是赵家的宅基地，曾被生产队挖成地窨儿，后来地窨儿废弃，成了一个坑，生产队用来沤粪；靠东是郭家的地方，有洋槐树、核桃树、白杨树各一株，生产队发号施令敲的钟，就挂在洋槐树上；路北是我们孟家的水井，宅基地分给了我二叔家，但水井是生产队公用的，其实也不限生产队，任人打水，都无不可。路南那三棵树下，路北的井台四周，颇有石头砖头天然的座位，正好做饭市儿。

一饮一啄，人生大事，吃饭总是有些仪式感的。女人们吃饭不出厨房，却是饭市儿的启幕者，炊烟升腾，呼儿唤女声此起彼伏，温饱的幸福感便荡漾开来。那时候，女人只喊儿女吃饭，却羞于喊丈夫。有次我见一女人高声喊叫儿子，结果她丈夫老远答应：“听见了！”我当时一怔，心想他答应什么？要是儿子来了怎么办？其实，果然有儿子跑来的，女人就会说：“喊恁爹吃饭！”默契的力量，甚至在语言之外，有的人能从喊叫声中分辨得出是真叫儿子还是叫自己。儿女喊父亲吃饭最为常见，男人嘛，即使惧内，也有家长的头衔，吃饭时被喊着请着，也可以显出尊荣来。话说很久很久以前，一人每与街坊邻居闲谈，饭时，儿子必来请。街坊便问：“今儿啥饭啊？”答：“糊涂。”所谓糊涂，是面粉搅成的糊糊，大概是最廉价的饭食。天天如此，此人脸上挂不住，对儿子说，下次人家问，你就说“饺子”。儿子诺。下次街坊果然又问：“今儿啥饭啊？”答：“饺子。”谁知街坊又问：“啥馅啊？”儿子急中生智答道：“糊涂。”众人笑倒。

关于三餐，我家乡倒有一个讲究：早上、中午叫吃饭，晚上叫喝汤。相应地，早上、中午叫做饭，晚上叫烧汤。现在联想到“四菜一汤”，以及南方的“靓汤”，觉得我们家乡真是矫情。吃饭头等大事，亘古不变。人们见面寒暄，总是问：“吃了吗？”至今犹是。然而乡下之人，穷而好礼，饭市儿上有人走过，必热心地招呼：“咋弄？搁这儿吃吧？”这是客套话，不能信以为真的。然而据说，刚刚下伙（1960年解散人民公社食堂）时，一人在饭市吃饭，只一小根红薯，一碗能照见人影儿的稀水糊糊而已。恰有街坊经过，他便依礼相让。那人想是饿极了，腆颜答道：“中！”遂以迅雷不及掩耳之势，攫取红薯，塞在了嘴里。礼让的人怒火万丈，然而也已无可奈何。据说，从此两家人再不搭腔，直到80年代，细米白面不足为贵时，才渐渐复归于好。那时候，一小根红薯，竟可能是一条命。我记得小时候，一旦吃饭时抛洒粮食，大人就会说，看看，没有过过歉年，没有过过灾荒年啊！我母亲说，她亲眼见一个小姑娘，饿得奄奄一息，眼也不睁，手脚也不动弹了，有人拿一截煮胡萝卜，一点一点地抿在她的嘴里，那小姑娘居然慢慢苏醒过来了。

那时候的饭，以馍、汤、菜以及汤面条为主。馍一般是红薯面饼子、玉米面饼子，或二者混合。这两种饼子，都适合刚下鏊子就吃，红薯面饼子香甜温软，玉米面饼子浓香酥松，都是极品，倘若夹了炒萝卜丝，那更是妙不可言，然而放凉之后，就坚硬如铁，若无利齿，则只能兴望洋之叹。汤也无非是红薯面或玉米面糊糊，若是秋冬之季，汤里必有红薯。秋冬的菜品，则萝卜、白菜之类。大芥叶浸水久之，称为酸菜，我乡以颜色称为黄菜，单炒、下面条都好。咸菜一般是可以跨越季节的，大芥丝、韭花、香椿、蒜瓣，都适于腌制。夏天菜品最多，但产量毕竟有限，茄子、豆角之类，倒像是奢侈品了。汤面条一般是杂面，杂面一般是青豆加红薯干。汤面条不算硬实的饭，一般还要配蒸红薯才能吃饱。想想一年四季，差不多离不了红薯，正所谓："红薯汤红薯馍，离了红薯不能活。"五黄六月，活重，大家吃得也会讲究些。比如面条，便有蒜面条。面条煮熟，在凉水中拔一下，再浇以蒜汁，清爽而实在。如果煮面条时再加苋菜叶子，那更是锦上添花。像菜馍、油馍、捞面条，甚至有豆腐有肉的情况，一定不是空穴来风，比如家有客人、过世的老人周年、幼子生日，总之一定有缘由。而端了这样的饭到饭市儿上，别人见了，也一定会说："嗬！改善生活了？"回答时，不免带点腼腆："呵呵，破上了，不过了！"当时的乡下，遇有婚丧嫁娶，也有盛宴，毕竟太稀罕，像我们十来岁小孩，大多从没吃过。

饭市儿上是没有座次的，真是没有"乡饮酒礼"的影子。但仔细想想，年纪长、辈分高、有威望、善言辩者，还是相对坐在中心位置。吃饭时话题总是天南海北，或争论不休、面红耳赤，或默默不言、只顾吃饭，各自的性格，倒也毫无隐瞒。有的人一早上了饭市儿，吃着说着，直到吃饭的人散尽了，才慢慢悠悠地回去。有的人急性子，从灶火屋里端出饭来，还没有走到饭市儿，已经吃完了，到饭市儿上只是参与一下，或打发儿子端了空碗回去添饭。说不出什么道理来，饭市儿就是男权的象征，或是议会的原始状态，也未可知。话说有一人上山拉煤，半夜到家，媳妇赶紧做饭慰劳，然而饭做好了，他在家却无论如何觉得没法吃，乃不顾伸手不见五指，端着饭仍到饭市儿上，才有滋有味地吃了。

不知何时，饭市儿没有了。前年回老家，走过饭市儿，寨里的住户，大多已搬到寨外的新房，饭市儿四周，四望只见残垣断壁。其实，十之八九的家庭，农闲时节，青壮都要外出打工，所以夫妻分居，空巢老人，留守儿童乃为常态，哪里还能有饭市儿呢？

2016 年 3 月 4 日

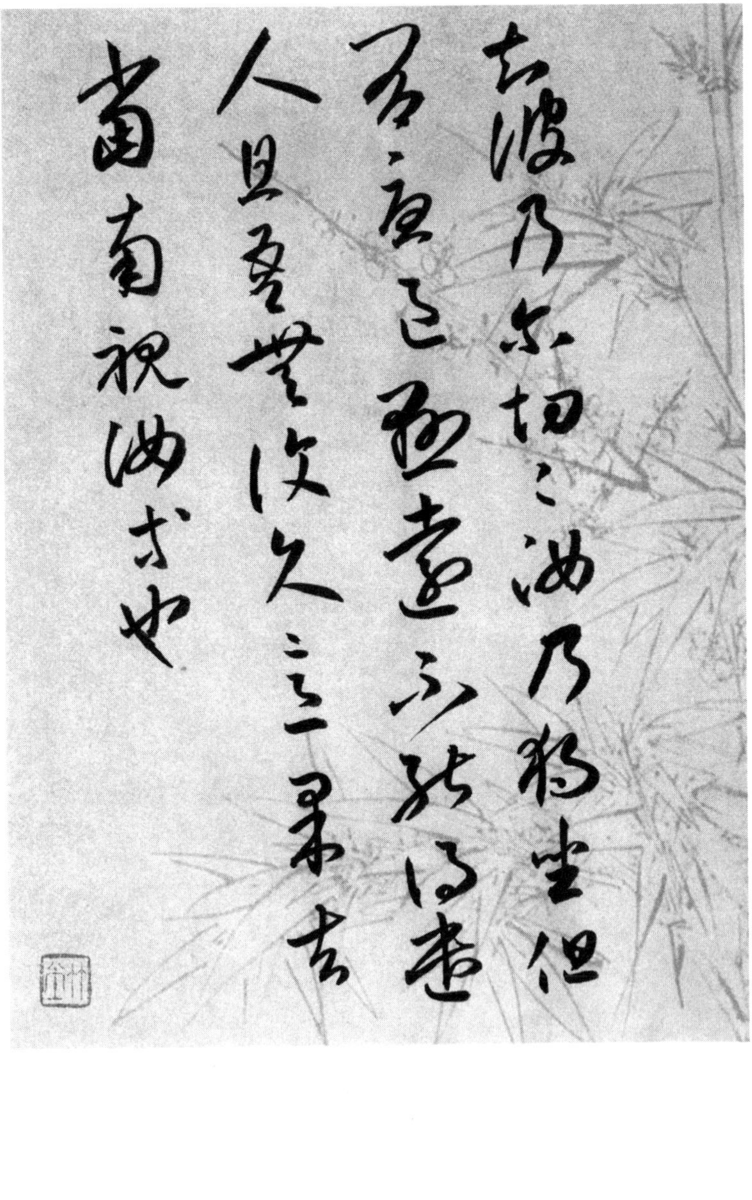

烤火

日前立春，天已渐暖，忽而忆起过去烤火的事情来。过去，农家冬天似乎格外长，也格外冷，取暖之法，无非也就是烤火。而生火，我们家乡叫“长火”，“长”，读若“官长”之“长”。我不知道有没有这个字，也不想查，因为“长一笼火”这事儿，怕是以后不会再有了。

最简单的烤火法，掬一掬柴禾，放在地上点燃即可。瓤柴如麦秸、豆秆之类，乍然而燃，乍然而灭，殊不能耐久。稍好点，就用菸柴之类，先以瓤柴引燃，烧起来耐久些。殷实之家，甚至可以烤劈柴。当然，电影、电视中劈的柴，整齐的木头，分明就是椽子的材料，一般农家，断然不会那样败家。烤火用的劈柴，一例歪三拐四绞丝头儿，是实在没有用处的木材。比如泡桐根，不中绳墨，往往适合付之一炬。柴禾可以烧火做饭，算是大用，倘若用以取暖，总是奢侈的事，取暖的同时，也免不了心疼的。那时候，大概只有牲口屋里烤火是个例外。牲口屋属于生产队，烧的是公家的柴禾，所以冬天的牲口屋里，总是挤满了人，酷似城市的沙龙，除了烤火取暖，热气、汗气、牲口尿臊气氤氲之中，还有交换信息、传播民间故事，以及普及生理卫生知识等功能。惜我当年尚幼，还未能参与其事。

烤火取暖驱寒，自然是享受，然而手脚如果冻得严重了，却不能立刻烤火，否则就有灼伤之虞，凡事相生相克，造物之妙，自有节制吧。要烤火，也得忍受烟熏。吾乡称田野为“擢天地”，俗云：“擢天地里烤火一面儿热。”站在下风烤火，就要忍受烟熏。即便在家烤火，雨雪过后，柴禾往往潮湿，引火不燃，浓烟滚滚，呛得人一把鼻涕一把泪，也够难受的。记得有次在三奶家烤火，用了些许瓤柴，想引燃湿湿的桐树根，至为不易。虽说“大火没湿柴”，然而小火变成大火，总要费周折。尔时，三奶、叔伯哥哥与我三人，屡试不克，劳而无功。我们哥俩轮流吹火，肺活量也不济，总是憋足了劲，好不容易吹起一块杨树叶大小的鲜红时，鼻腔中也早已窜入烟气灰尘，不得不稍做咳嗽调息，霎时，那块鲜红又暗淡了。三奶想是有事，起身欲行，哥哥说：“看着吧，咱奶一走，我这火嗵嗵嗵都着起来了。”三奶闻之大怒曰：“我都恁没福气？”

一家人围坐火盆，实在是一种福分。那些文人说的围炉夜话，大抵是酸腐或虚妄的，我们乡下人烤火就是烤火，只在乎实实在在的温暖，间或聊一句两句家常，也不求深意，更不知辞藻为何物。一笼火烤完，凉意又侵时，或许再生一笼，如此而已。或者有点饿了，就在火炭中埋上两根红薯，不大工夫，便能闻到香甜的气息，等到全熟，刨出剥皮，皮下是一层焦黄，咬开，丝丝的热气冒出来，大快朵颐，真是夫复何求。倘若来了兴致，把玉米粒埋在火灰中，啪啪有声地炸起来，捡而食之，带着些火灰，既助消化，又品味爆米花浓郁的香味，真是十分尽兴。转念电影院中，手拿一个花花绿绿的纸筒子，扭扭捏捏地撮起爆米花的吃法，真是全无豪迈轰烈之感。烤火这事儿，要的就是淋漓酣畅，绝不能拧拧掐掐。据说，寒冬中，两个乞丐各得谷秆一掬，其一甚抠唆，一次点燃一根谷秆，以微弱之火，得片刻之温；其一甚大方，先找了一个墙角，一把火把墙角焐热，蹲而居之，到后半夜，前者已无谷秆，冻饿而死，后者安然酣眠，直到天明，墙角犹有余热。即使贫到行乞，也有悭吝与豪爽之别，呵呵。不过往昔农村人总是爱早睡，点灯熬油费柴禾这样不合算的事，当然要适可而止。

伸手向火，火苗生龙活虎般跳跃，便有一种生机，而火光照灼，拂上面颊，不仅带来温暖，还有心理上的安慰，不可言喻。烤火时，眼看着柴火一点点燃烧，火苗没有了，柴禾变成通红的火炭，火炭的外皮儿，一层层地变白、变粉，变成灰烬，风一吹，或者用小棍一划拉，灰也散了，有意无意间，演绎了一个生灭轮回。所以烤火的过程，虽似卑不足道，又似乎大有深意，世间万事，分分合合，生生灭灭，大抵便是如此。吾乡称一人一家行好运、大得志，叫“红火”，而花无百日红，总是有式微衰落时候的。见得烈火烹油、鲜花着锦，也要见得“一片白茫茫大地真干净”。

现在红火得不得了的人和事儿，只怕过后也要大冷寂吧。而我此番点灯熬油费柴禾，于熊熊火光，也无干系，也将睡去。

2018 年 2 月 23 日

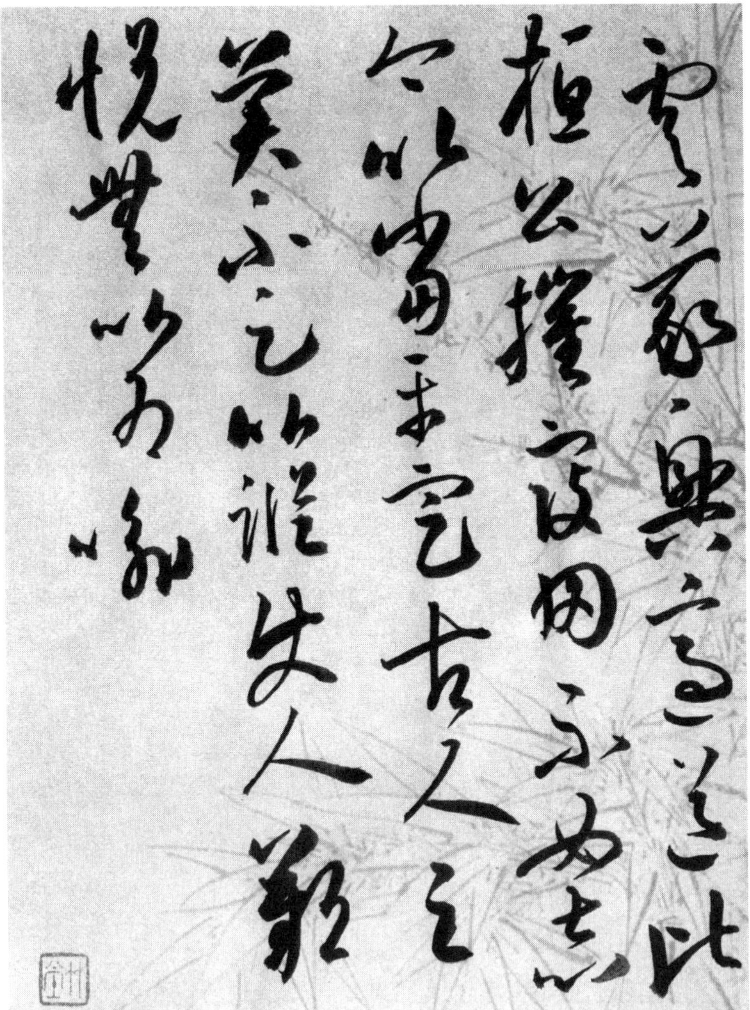

咳嗽

我喜欢夏天，宁肯热死，强于冻死。这大概与我从小体质羸弱有关，身体弱的人，格外怕冷。然而今年，我似乎还没有来得及体会夏天的滋味，转眼已秋、已中秋，凉意甚浓了。今年夏天我格外忙，除了白天忙于工作，晚上则忙于咳嗽。

这咳嗽不知何时所起。约略记得，自开春，便有一个鼻孔不通畅，没有介意；过了些时，这只鼻孔开始流清水鼻涕，揩之又揩，颇为不便。忽然有一日，便觉必须咳嗽了，轻轻地咳两声，稍觉舒坦些。还记得这个关键的时候，有一位朋友给我介绍了一位朋友，颇示知遇，我应召赴宴，勉强饮一杯酒，便感不支，声音渐失似的，继而咳嗽就密了。嗣后，咳嗽日重一日，然而我仍然没有当回事。在一小诊所问医，医生看起来很有学问的样子，吃药，病立马就轻了，然而随即不起作用。改一家，门脸大了些的诊所，貌似忠厚的医生，吃药，病立马就轻了，然而随即又不起作用。我自己百度相关的药物试吃，也是刚吃有效，随即无效。有一晚在药店选药，犹豫不决，服务员是一位小姑娘，问了病情，推荐一种药，发誓绝对包治。

试之，仍然是刚开始有效，随即就无效。这时候，不得不引起足够重视了，于是到某医院就诊。第一次见一女医师，言语甚亲切，得药，初试有效，随即无效。适有友人推荐中医拔罐针灸，谓疗效显著且无副作用，试之，果然甚有效，然连续九日，病情未轻，而且越往后来，咳起来越发翻江倒海，眼冒金星，五脏震痛，乃至胸、腹、背肌肉都似拉伤，稍动即痛。噫，吾病其深乎，将不治乎？不得已，又返某医院，看呼吸科，胸透、验血，吃药，天可怜见，四五天后，咳嗽居然轻了。我一则以喜，一则以怕，怕它再反复，又去医院，医生说不敢再用抗生素了，给了些中药，意思是吃点药也行，不吃也无妨。我把药吃完后，明明觉得尚达不到豁然而愈的程度，但也不好意思再去医院了，自己购买枇杷露之类，吃了些时日，不了了之。

即便到现在，我仍觉喉间不清爽，日前去医院，做了喉镜检查，见不是器质性的问题，医生连一料药也没有开，就让我回来了。然而，咽喉间分明不清爽嘛，而且可以预见，一旦感于风寒，咳嗽一定会再来。这也是没有办法的事。

俗话说，出来混，迟早要还的。小灾小病，一定有其原因，想想我这次的咳嗽，应该是去年冬夜落下的，白天轻晚上重，更是受寒的明证，毕竟，在今年三伏里就要还了。熬夜的时候，我也并没有觉得如何享受，害病的时候，却备受折磨，想想也真不合算。推而广之，求名也罢，求利也罢，享乐也罢，受罪也罢，人生在世，加减乘除，复杂演算之后，大抵常人的结果总是个常数。想到这里，不禁心念大灰，此次病中，三番五次地遇到一些机会，我又无力抓住，莫非，这也是命，也是常数？也说不清。

一阵大咳之后，总有短暂的消停，世界一下子静了下来，心一下子放了下来，就甚好！

2015 年 10 月 20 日

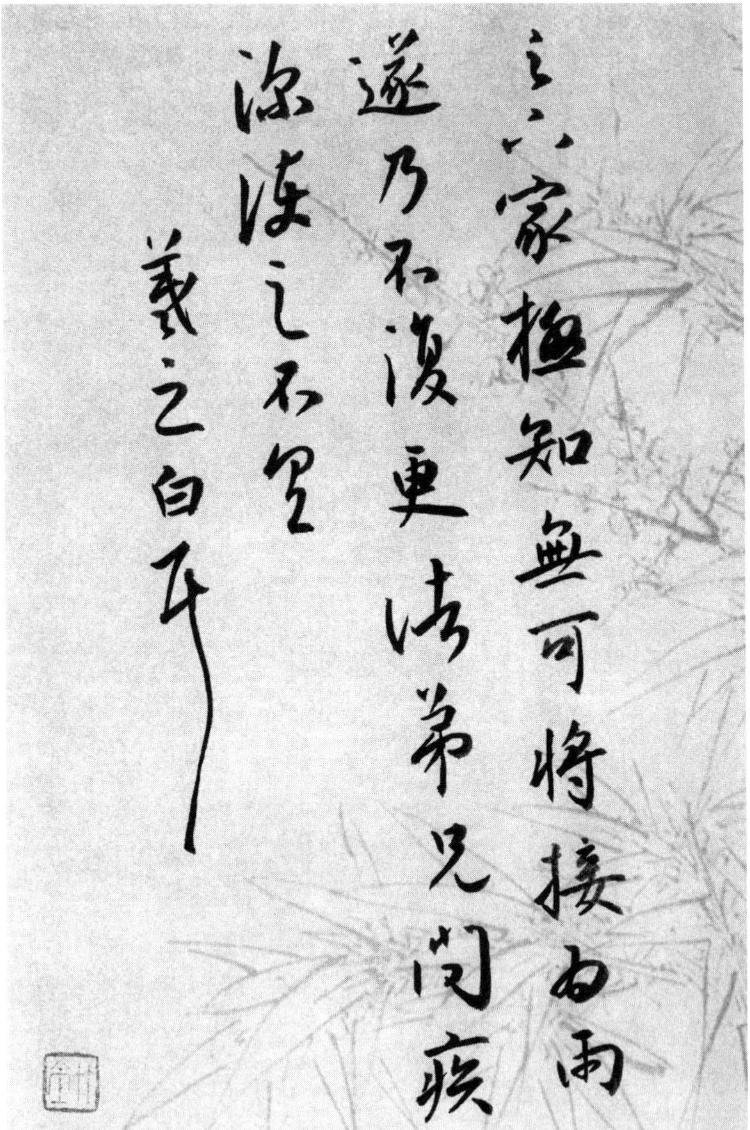
〻家極知無可將接而雨
遂乃不復更請弟兄悶疾
涼淒之不果
羲之白耳

小大红

春天来了，各种花赶着趟儿地开放，于是想到花事。

在我看来，花分为两种：一种是野生的；一种是人工种植的。人工种植的花，又分为两种：一种属于农艺、林艺，大抵其根、茎、叶、花、果、种可以食用或药用；一种大约只供观赏。当然，二者是有交集的。

过去农家生活，以柴米油盐为中心，没什么工夫和心情莳花弄草。我们家乡，专门用以观赏的花极少，而凤仙花可能是最常见的。凤仙花有一个更直截了当的名字称为“小大红”。我揣想，大红即正红，小红也叫水红，也可能叫粉红。“小大红”也不全是为观赏的，它可以“包红指甲”。花盛开时采下，揉碎贴在指甲上，捂严实，到一定时间解开，指甲就变成红色的了。凤仙花所以又叫“指甲花”“染指甲花”，也叫“小桃红”，还有个任性的名字，叫“急性子”。原来，吾乡所谓“小大红”，只是“小桃红”的转音。转音是方言的灵魂，但转来转去，往往文字与语言没法对应——算了，不管叫啥，我只管叫它“小大红”。

凤仙花很好养。春天种植，但我没见过它的种子，只见过移栽，栽在破搪瓷盆、破瓦盆中，不拘土壤肥瘠，都可以生长。它的茎有红色的、有绿色的，粗壮，但不坚硬，水分多，好像一掐就能出水似的。它的叶子像桃叶，但没有桃叶的纤维感，轻轻一扯就会撕烂。农家少闲月，养凤仙花的人，十之八九也并不殷勤呵护它，遇着旱天，它叶泛黄而茎细弱，颇觉可怜。然而只要浇水施肥，一转眼就蓬蓬勃勃起来，叶子乌青，而茎干散发光泽。据说凤仙花的茎和种子可以入药，而养凤仙花的人，当然只关心它的花，等到茎叶间吐出花蕾，花蕾绽出花瓣，女孩子们早就跃跃欲试了。

染指甲，大抵是十来岁女孩的游戏。当指头被包起来后，要忍着种种不方便，而怀着破茧化蝶的无限期望。等到豁然解放，伸出小手，翘起指尖，左右摇曳一番，或者与同伴相与比较，真有一种说不出的快乐。她们抓子儿、跳绳，甚至割草、放羊时，叽叽喳喳地舞动着她们的红指甲，不嫌村俗，倒显得活泼可爱。邻家女孩，并不是国色天香，她们的指头也称不上嫩若玉笋，但总有一种亲人般的温暖。

染红指甲起于何时，我不知道。关于凤仙花，也有很多传说。上学时，在新乡的潞王坟看过一本民间故事书。有一个故事，说凤仙花的来历。明万历皇帝的弟弟潞王，荒淫无道，一次看到洪家父女在园中浇花，女孩子生得好看，特别是一双玉手格外动人，回头便要强纳为妾。洪家女孩名叫织姐，不屈服权贵。潞王强行抢亲时，织姐一身白衣，誓死不从，指着潞王的鼻子大骂。潞王盛怒，命人剁去了织姐的十指，织姐当即疼痛而死。从织姐指头上滴下的血，把白色的凤仙花染成了红色。当地的女孩家纷纷把凤仙花包在指头上，来祭奠贞烈的织姐，等到解开花包时，指甲就染成了红色。这个故事当然未必可信，即便“洪织姐”这三个字，也仿佛是“红指甲”的谐音而已。古代的民间故事，往往劝世，所谓载道，助人伦成教化，人们都愿意传，说明也愿意信。果然如此，这看似柔弱的凤仙花，也似乎平添了一股侠气，虽卑微，却也可敬。

用凤仙花包红指甲，恐怕已经绝迹了吧？因为美甲的生意，早已红火起来。只怕织姐这样的烈女，也不多了吧。

2015 年 3 月 27 日

笔架山记

自知杜少陵为巩县人，即知其家有笔架山。传言山做笔架之形，即待大诗人之诞生于斯也。初以为，笔架山定三山高低，形如笔架，立杜公之门，常可远而眺之。至若春和景明，如碧玉远横；霜旦雨夕，必云涛微茫。向往不置，无缘拜瞻，恣其想象，未能自已也。

壬辰岁余，因事至巩，因央同行者一访。至则先见一公园，名杜甫故里。工程浩大，而其内空空。展室中所作雕塑以及“三吏”“三别”等3D效果、动画，予素所不喜，都未留意。公园尽处，乃公庭园。院内一枣树，上塑公像，以再现“一日上树能千回”之意。此类旅游项目，几同儿戏，亦吾素所不喜者也。杜公诞生窑门前所用砖，有旧有新。新者，不过十许年前所制。因而予心所属，唯余笔架山耳。

杜公诞生窑，即凿于笔架山上。山确似笔架，甚具体。人人见之，乃不得不以笔架称之，非若他处像人、像佛之附会也。然而颇不雄伟，仅如高坟然。其上荆榛丛生，杂草离离，望之可亲。想杜甫少时，于其上摘酸枣，刨茅根，固不可免焉。

噫！大诗人不必定生于崇山秀水、雄奇幽绝之处。凡人迹在处，皆钟灵毓秀；凡吾生之时，皆可歌可泣。大诗人之为大诗人，乃不世天才，不失其赤子之心，不耦于世，不辍吟咏而后然也。即此而论，笔架山之高峻，又不在五岳之下耳！

壬辰腊月廿三小年夜

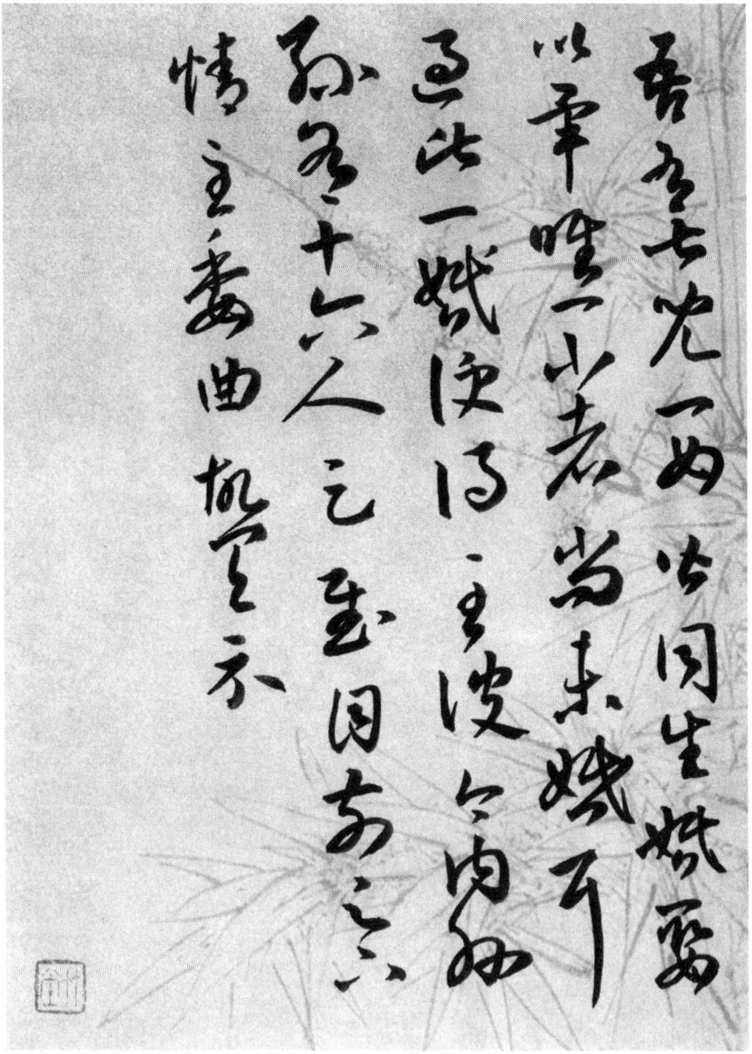

竹堂又记

昨夜下雪了，现在还在下，纷纷扬扬，天越发冷了。天冷，就感觉到房子的存在。古时候，无聊的文人会在屋里写上“聊避风雨”四个字。大实话，酸酸的，然而毕竟是大实话，有屋才是家，总比风雪中暖和得多。

忽然想到，前一段《中国书画报》编辑李文慧介绍，说是带了一个新人，叫姜彤，做书法版的编辑，看名字，大概与李文慧一样，秀外慧中的姝丽吧。姜彤就问我有没有适宜的稿子。嗟我年来怠惰日深，晚上只以临帖涂鸦消磨，文字之事，渐已废弛。辜负美女的好意，有罪。姜彤看我尴尬，就说，新年他们要开一个“书斋心情”的栏目，希望我参与，顺坡下驴，我说试试。

我说试试，原有一分底气，若干年前，我写过一篇《竹堂记》的。先行誊录，便有一半篇幅：

“王子猷云，不可一日无此君。苏东坡云，宁可食无肉，不可居无竹。吾不知竹之为草为木，盖介乎草木之间也。草木之生也，破土而出，春风秋雨，渐长渐老，已而伐，已而朽，遂销声匿迹矣，原无须引为譬喻。而人生在世，亦呱呱坠地，春风秋雨，渐长渐老，已而诛，已而死，遂一掊黄土矣，所谓流芳遗臭，亦终将湮于劫波。草木老死而不自知，人则百般矫饰，恐修名之不立。于是赋其山川，兴其风雨，比其草木虫鱼。于是云介乎草木之间之竹者，甫破土而有节，乃有凌云之志，乃虚其心，乃岁寒而不凋，乃不华不实；其根可箕，其干可椽，可断而为笙，篾而为筐，缚而为帚；其枝叶也，犹可笔而书，可箸而食，可签而剔伶牙利齿，可茶而清甘脂膻腥。

而予与竹之所谓德了无取，唯忆少时割草，嬉于临村清溪竹林间，茫十数亩天地皆碧，身心俱清，四十年来，未尝忘怀也。遂号‘竹堂’。而宕游他乡，行脚为家，竹是子虚，堂乃乌有，所谓竹堂，姑妄言之耳。是为记。甲申正月十九日。”

甲申是2004年，我时年虚岁四十，约略记得，是租住在黄家庵，一室一厅，极仄。写字用的，是当时同事焦婉的旧办公桌，实木，是她公公给她的。焦婉搬家时，欲弃之，他公公不忍，说有机会还要用，于是寄放在我那里。三尺长的桌子，放上笔墨纸砚，虽不能称为“案子”，也完全可以挥毫。我搬家时，想还给焦婉，忘了她怎么回答了，反正现在还存着。写到这里，忽然想到焦婉，数年没有联系，手机里还有她的号，试着发了个“新年好”，居然得到了回复。焦婉居天津已数载矣，人生如梦，聚散无凭，白驹过隙，大抵如是。当时的“书房”太小，除桌上扔几本字帖之外，无书。书装四橱，放在卧室兼客厅里，坐北朝南沿着墙壁一字排开，每当阳光普照，五颜六色的封面焕发光彩，倒也可人。这个卧室兼客厅，四橱之外，床、桌、电脑桌、电视、鞋柜，外加两把椅子，围拢起来，中间仅剩一米见方的空间，倒好，作息不费周旋，那是相当聚气。

异县扛活，每逢寒暑假期，妻儿会来相聚。儿子大了，居住不便，不得不买房。我这人，穷而且不善于生活，就打算左近买个二手房，后来房是买了，其间种种，回忆起来就想开骂，也罢。房子三室两厅，可辟一室读书写字。换了个大桌子，宽一米长二米，置于中心，又书橱二、电脑及杂物柜一、矮床一，四面包围，剩下一圈窄窄的过道，恰受一人周游。其实我原也想弄个铁皮墙的，只好算了。两个书橱，当然不敷用，没奈何，在客厅又置四个，算是装点了墙壁。初放书时，分门别类按开本，码放井然，时间一长，里里外外，大拌菜一般，然而这是我的常态，不以为乱，反以为万物生长，当顺其自然，过于秩序化的东西没有生命。比如园林中按规矩生长的花草树木，我认为那不过是好事者的设计，我喜欢看废墟中恣意生长的杂草，蓬蓬然可喜。又比如合影照，二十世纪二三十年代的合影，人物往往随意聚散，各抱精神；现在的合影，总是码放齐整，人已职务化，使人不得开心颜。闻一多先生的书桌，就是以乱为美的，书乱点儿，无妨。我这个读书写字之所，名义上叫“竹堂”，其实也称不上“堂”，过于简陋，便没有请人题写斋号，我自己也没有写，以免循名责实起来难堪。另外，我不事收藏，凡物过眼即有，不期独占，家贫，也没有能力独占。器用大抵都是便宜货色，所谓不贵难得之货。记得前年、去年，有朋友编辑很雅致的小册子，每个参与者都要附上“案头清供”，而我就无物可供，也不想供。说句不怕得罪朋友的话，我觉得弄一些号称高雅的东西，煞有介事地摆弄一番，假惺惺地照个相片，不是我的做派；摆弄了想让别人肃然起敬，我必以为有点拧拧掐掐，多事。一切随缘，这就正好。

原先，写字是读书的附属之事，不读书而专事写字，不高级。说到底，书斋云者，应该是存书、读书的地方。读书这事，言之则雅，为之或不可堪，世上不知有多少当官发财的好苗子，都被读书扼杀了。然而十室之邑，必有嗜痴者乐此不疲，不可救药，也只能任其生灭。我不能说自己是读书人，只是偶尔也读书。记得二十年前，我用鱼皮布袋装了书，乘公共汽车来郑邑，一路上，同车的人，十之八九，投我以慈悲怜悯的眼光，我真的很感动。有些书，真的要千里相随，不弃不离，指着它活，因为已经融入生命。然而我来扛活，是生产书的。我这里叮咛一下后我生者，倘爱读书，千万别干编辑。我编过书，就不大会读书了；编过报，就不大爱看报了——还好，我没有学厨。谋食于书坊报馆，三天两头，总要获赠图书，这份幸运和荣耀，倒也哭笑不得。盖读书不必多，宜精，如交友不必多，宜真，藏书琳琅，真读过的，真可与作者推心置腹者有几？架上书中，那些最基本、最实在的书，也往往初来时摩挲一番，旋即冷落，其实，也无端冷落了自己。而最碍眼的书，又往往装池豪华，鱼贯而来，卖给收废纸的，有点不近人情、暴殄天物，狠心去读，又没那个涵养，为人处事之难，往往如此。令人不堪的是，我自己也灾梨祸枣，不知已经硌硬过多少人，罪过，罪过。

快下班了，因天气不好，同事们早已蠢蠢欲动。我从众，也将回到竹堂。

2018 年 1 月 4 日

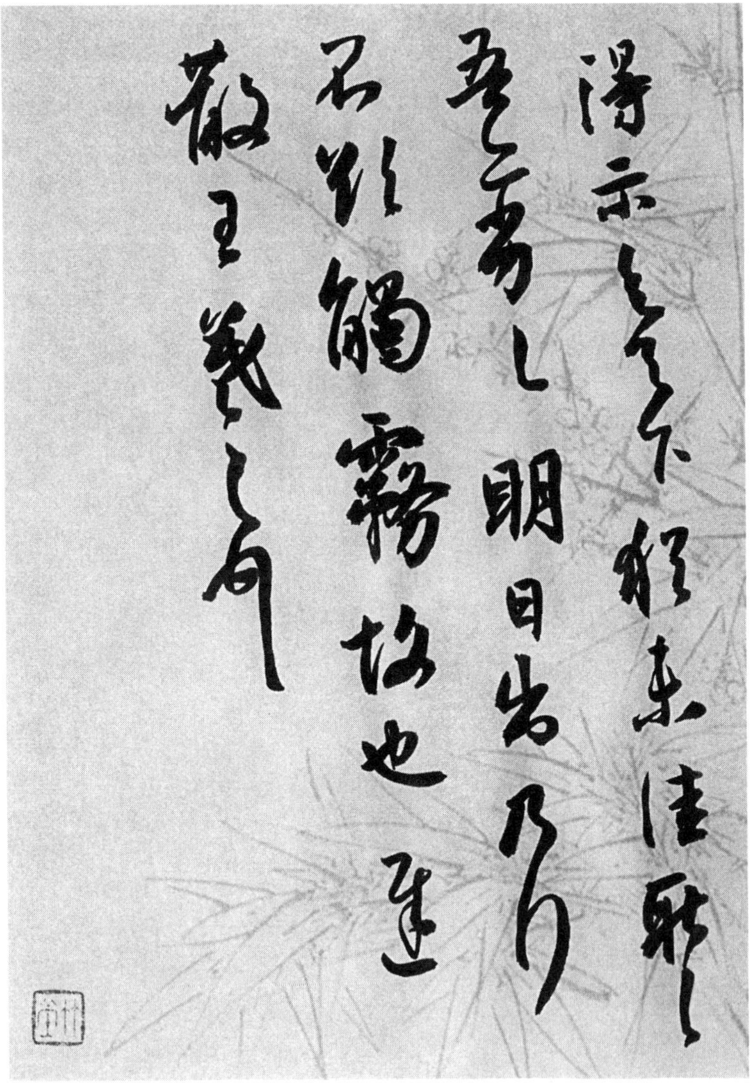
得示知足下猶未佳耿耿
吾亦劣劣明日出乃行
不欲觸霧故也遲
散王羲之頓首

书腰心情

三十年前的平装书，大抵没有书腰。别说书腰，勒口也不多。后来世风日奢，勒口，护封，书腰，很是繁缛。

拙著“竹堂文丛”前后各5本，现在总共印了10本。这10本书，都有一个书腰。通常，做书腰，总是把最能挑逗读者的话印在上面，说白了，就是广告。书既然拿到出版社去出版，当然是想让更多的人读，所以高声叫卖，也不应该羞涩。然而我大概属于腼腆不成器者，感到自己也没有什么值得吆喝的，所以在做书腰时，反而没有了那种煞有介事要写一本书的心情了。

有位老师说人矜持，云：“装得跟真的一样。”这个“装”字，会给有的人带来莫名的快感，对我，则是一种煎熬。我不大看电视，主动去看的节目尤其少，到午夜，一天的工作结束，将进入“瘖寐小轮回”之前，坐在电视机前，手持遥控器哗哗啦啦地巡视一下各频道，倒也真有催眠之效。这时候，常常看到医药或文博“专家”，唾沫星子四溅，金边眼镜后闪着绿荧荧的光，口若悬河，滔滔不绝，激动得像发情的母猪一般，以菩萨心肠劝人赶紧买他的东西，不然，轻则丧失千载难逢的发财机会，重则疾病困扰甚至毙命。当初，每看到这样的人，恨不能手伸到屏幕里去刮他的耳巴子，后来见得多了，倒真佩服人家装洋蒜的本事。有这本事的人，才能适应这个环境，物竞天择，奈何奈何。

很多事情，都是在礼仪、形式中获得认可的。贪墨若蝜蝂、富可敌国者，在镁光灯下、麦克风前说清廉，振振有词；名家大师，长发长须，脑袋昂昂然，显得学问渊深，总而言之，必须装得跟真的一样。倘若乾坤大挪移，失其位，失其势，失其码头，失其幌子，在乌漆墨黑的大澡堂子里，一边搓灰一边发为宏论，便不成个样子，也不会有人信受奉行了。人这一辈子，见山是山，见水是水，谈何容易？大部分人，矻矻以求者，也就是形式、礼仪的不同。你不弄几个保镖弄几个狗仔队弄几个绯闻，怎么会成为明星？你不会打五闹台耍花花肠子，恐怕也就真无其幌子无其码头无其势无其位了。

一下子放下了，嗒然若丧，似乎茫无所知，甚至亲手所写的东西，也好像与我无关了一般。站在自己之外，照见初心，大抵是我写书腰时的心情。每书一段话，一首所谓的诗，照录如次：

《笔法琐谈》（笔法十二讲）

笔法是书法的灵魂，它虽是技术，而技可进乎道，也便可以大有深意。学习书法，手眼相竞，水涨船高，永远没有究竟，便是究竟。我虽不才，而呕心沥血于兹，是亦不敢妄自菲薄耳。

负暄篱下作闲谈，指月传灯兴正酣。明日村前忙打水，归来手挎一空篮。

《竹堂笔记》（一堆小纸条）

我打工的行当，与书法有关，与文字有关。平时，忽然觉得什么有意思，就记下来。回头看来，这就是我的年轮吧。这里面，兴许有学术性、文学性和思想性？却没有性，只有率性。

雪泥鸿爪迹斑斑，舛错丛生不再删。谁教平居多感慨，蒲团坐破即参禅。

《书法直言》（书法评论集）

信口开河去评，煞有介事去论，我觉得我懂书法，其实不一定。不管懂不懂，有话照直说，所以叫直言。即使是直言，说了也白说，所以是废话。

雕虫细事宁须论，典型具在大师门。当车我欲挥螳臂，艾艾期期作诤言。

《襄城》（散文集）

我写散文，如揽镜自照、自言自语。我觉得，我是故乡的游子，是世事的游子，甚至游离于自己。偶尔，记可记之人，写可写之事，写了就当下心安。

汝水隈城水一湾，熏风叠翠紫云山。闲听老辈消闲话，流荡他乡几时还。

《曾经》（随笔集）

日出而作，日入而息，忙中读书，闲时临帖，朝花夕拾，心动风动。随时所记，随心所写，所以叫随笔。有人看，是随喜；没有人看，也只好随便。

漫漫忆旧话曾经，梦里庄生尚未醒。岂似风前乌柏树，皓然明月立中庭。

《读白蕉》（白蕉其书其文其人）

李刚田老师在谈书法欣赏时说："口诵其文，手楷其书，想见其人风采。"余于复翁，临其书，读其文，仰慕其风度。见其书、见其文、见其姓字，便生崇敬心、亲切感。噫！白蕉之爱，同予者何人？

相逢一面亦前缘，隔代依依岂偶然。今日泉流虽细小，前身照见月光圆。

《〈书谱〉译注》（《书谱》的简注浅译）

《书谱》犹如《论语》，是大纲，是宗旨。寥寥数千言，说尽书法事，后人书论，大抵可有可无耳。读书，宜截断众流，直取本源，枝蔓往往误人。君若略可读文言，则此书径可付之一炬矣。

山川映发镜中游，坐对羲之与唱酬。半卷真经留后世，出关未必乘青牛。

《二王名帖札记》（读二王法帖的心得）

文艺之事，众生平等，各有攸宜，此所谓“人人皆可为尧舜”也。王羲之、王献之，为书法之极则。学帖不学羲献，如读书不读母语，毕竟怪诞。千虑一得，自谓颇值一碗胡辣汤钱，乃敢献芹焉。

目送飞鸿出世姿，流觞曲水洗羊脂。烟霏露结犹龙凤，唯有羲之与献之。

《竹堂闲话》（散文、随笔集）

偶有所感，以文字记录，称为散文、随笔、笔记等，而且积习难改，这是没有明心见性的表现吧。深夜独对荧屏，自说自话，忽然纂为一辑，次第读来，如披览相册，心里五味杂陈。年届知命，老了！

荒郊独树不成林，自有寒柯证铁心。无喜无悲无妄想，无端悽怆泪沾襟。

《竹堂诗词》（诗词和散文诗）

“燕燕于飞，差池其羽。之子于归，远送于野。瞻望弗及，泣涕如雨。”感慨深，情境就深。在我看来，人生的意义就是诗意，这跟读诗不读诗、写诗不写诗，甚至识字不识字，关系都不大。

荒村小巷认芳踪，一度追寻一度空。万唤千呼终不见，风吹满树杏花红。

清明将到，果然雨纷纷而下。杏花已经开过，想已落红无数了吧。正好。

2015年4月1日

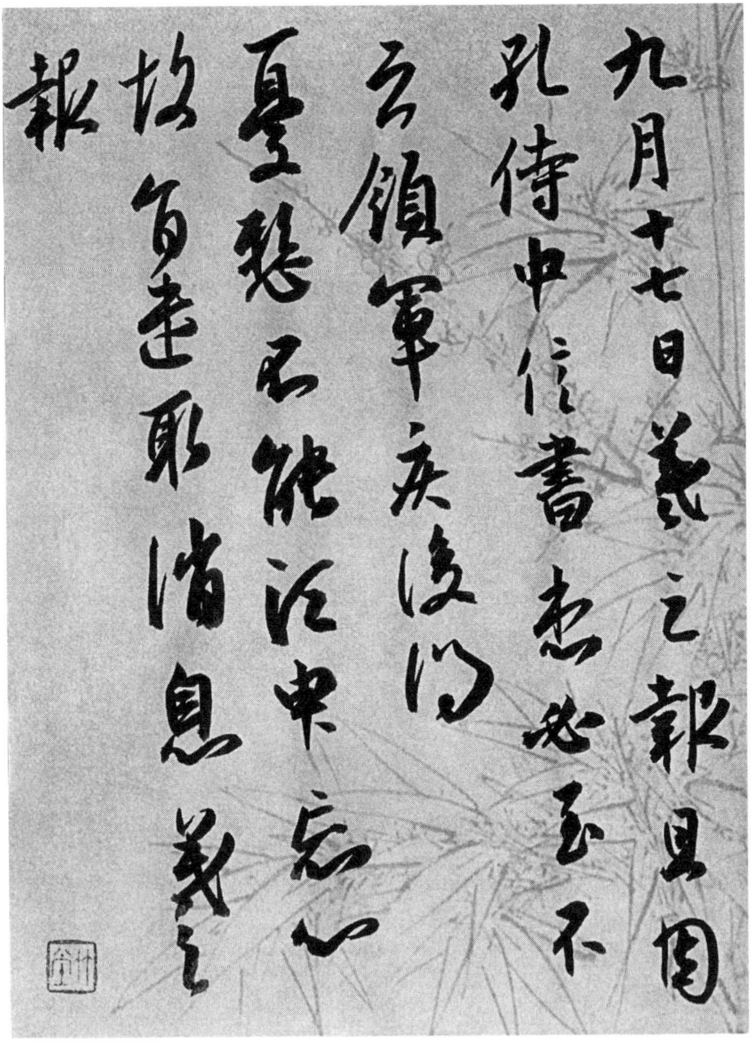
九月十七日羲之報且因
孔侍中信書想必至不
知領軍疾後問
憂懸不能須臾忘心
故旨遣取消息羲之
報

天凉好个秋

七夕其实是下雨的日子。昨夜果然下起了雨，溽暑顿时消歇。俗语有云，一场秋雨一场寒，由酷热而转凉快，大概这是个节点，所以慢慢成了节日。小时候，跟大人看星星，见银河横天，牛女相隔，脉脉不得语，七七之夜，鹊桥相会，必至泣下，于是七夕必雨。雨声如诉，趁夜听之，不禁浮想联翩。

天热到极处，必然转凉。上天有好生之德，大抵否极泰来，不会率尔便起杀心。今年的夏天格外热，也格外长、格外难耐。其实，差不多每年夏天都会觉得当年格外热，每年冬天都会觉得当年格外冷。每年夏天都会有人说更愿意过冬天，每个冬天都会有人说更愿意过夏天。说白了，人们既不喜欢夏天的炎热，也不喜欢冬天的寒冷。趋利避害，好逸恶劳，人各自私，人各自利，至于春秋佳日，觉得这才像个样子，并不觉得是额外的幸福。要说感谢上苍，有点敬畏之心，当然是好的，其实想想，上苍也没有什么好感谢的。本来如此，将来如此，寒燠相侵，风雨交逼，说是顺应也罢，说是抗争也罢，就这么活过来，还将这么活下去。《击壤歌》云：“日出而作，日入而息。凿井而饮，耕田而食。帝力于我何有哉？”帝尧之世，天下大和，百姓无事，击壤而歌，并不感谢帝力伟大。其实，帝力若不施以横暴，还真当谢天谢地呢。

天行有常，四季更替。真要在四季中选个如意的，我还是喜欢夏天。“人皆苦炎热，我爱夏日长。”夏天有最毒的日头，所以才有变幻莫测的云，鞭子一般抽打下来的雨，暴涨的河水，摇撼着大地的麦浪，一夜间刺破青天的竹笋，田田的荷叶和娇艳的荷花，此起彼伏的蛙鼓和无休无止的蝉鸣。夏天的街巷是性感的，女人们用最节俭的矜持，透露着怒放的心；翁媪坐在凉阴里，用蒲扇摇曳着说了千万遍的闲话；广场舞大妈煞有介事地晃动着丰乳肥臀；狂童浪女，花前月下，肆无忌惮；小学生在培训班穿梭，日理万机。朋友圈里一刻不停地晒孩晒包晒风景，谈修养谈养生谈减肥；明星们纠缠着钱和性；书法家在吼书射书描书；专家在侃侃而谈，等着被打脸。足球洋溢着别人的激情。焦麦炸豆，烈火烹油，鲜花着锦，荷尔蒙沸腾。斑驳嘈杂的万象，郁积着莫大的力量，让人眼花缭乱，又担心又期待。

夏天算是翻篇儿了。看着窗外灰蒙蒙的天空，淅淅沥沥的雨，风正一点点地强劲起来，听说台风要来，来就来吧。

2018 年 8 月 18 日

涉事

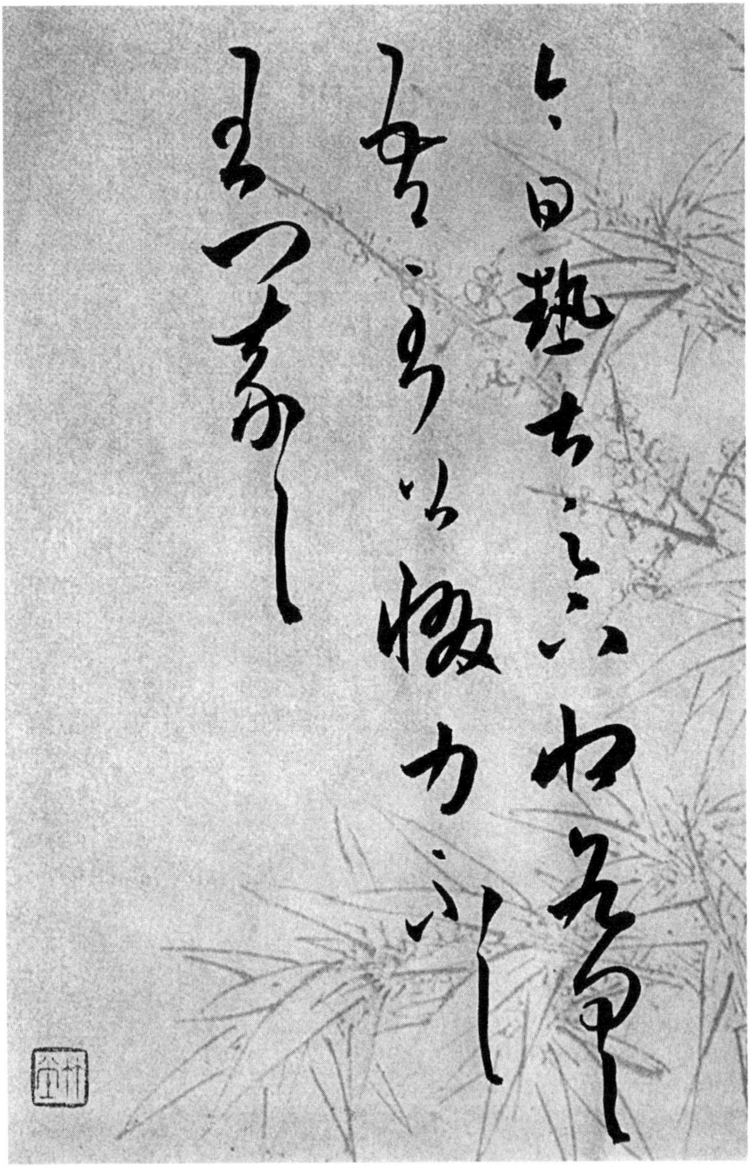

顾随的三重境界

顾随著、叶嘉莹笔记的《中国古典诗词感发》，是一本好书。像顾随这样若不经意似的谈吐，便是满纸珠玉，值得一读再读，才是大师的风采。

辛弃疾《祝英台近·春晚》：

宝钗分，桃叶渡，烟柳暗南浦。怕上层楼，十日九风雨。断肠片片飞红，都无人管，更谁唤，啼莺声住。

鬓边觑。试把花卜归期，才簪又重数。罗帐灯昏，哽咽梦中语。是他春带愁来，春归何处。却不解、带将愁去。

顾随说：

余初读时喜欢后三句，“是他春带愁来，春归何处。却不解、带将愁去”，此少年人伤感；其后略经世故，知道世事艰难，二三十岁喜欢“怕上层楼，十日九风雨”二句；四十多岁以后才懂得“鬓边觑。试把花卜归期，才簪又重数”三句是最美的。

这三重喜欢，意思渐深，说尽人生况味。

“是他春带愁来，春归何处。却不解、带将愁去。”拟春为人，怨春带愁，其实作者愁便是自生，与春何干？愁非春带来，春也不能把愁带去。这写法有一种“巧”，所谓拟人，毕竟是带有痕迹的。李易安“只恐双溪舴艋舟，载不动许多愁”，拟愁为物，同一手法。拟人拟物，移情虚晃，要有曲折才好。春带愁来，必怨他不解带将愁去，便有曲折；舟以载愁，必生怕其载不动，便有曲折。这曲折中的愁，还是太唯美了，因为太唯美，也多少有点轻飘的意思。

等到“略经世故，知道世事艰难”，顾随喜欢“怕上层楼，十日九风雨”。世事果然艰难，早岁的闲愁，必经一番摧折。陆放翁云：“早岁哪知世事艰，中原北望气如山。”后来就知道了：“塞上长城空自许，镜中衰鬓已先斑。”不如意事十常八九，小事小情不如意，也便罢了，即使平生壮怀，到头来也将归于不如意之中，感慨就不能不深。陆游相对于辛弃疾，还只是“汝辈文人，只是会说”的文人，而辛弃疾能“上马杀贼，下马草露布”，收复中原，是付诸实践了的，其感慨当更深。“怕上层楼，十日九风雨”，无甚技巧了。“十日九风雨”，当然是夸张，极而言之，天气不会是十日九风雨，又分明是十日九风雨。一个“怕”字，亦似无甚技巧，然而其中滋味，难以述说。狂澜之既倒也，我能力挽乎？这里面不见唯美，唯见深沉，是“怆然而涕下”时也。

“鬓边觑。试把花卜归期，才簪又重数。”虚无恬淡，不可言说。“把花卜归期”，即以花占卜丈夫的归期。一片、两片、三片……回来、不回来、回来……得到一个结果，不敢信、不愿信，所以把簪起来的花瓣重新数过，这样反反复复，不知究竟。凡问卜，皆在无可奈何之时。顾随说：“在中国诗史上，所有人的作品可以四字括之——无可奈何。”这第三重境界，也只能无可奈何地说，是无可奈何。稼轩《丑奴儿·书博山道中壁》：“少年不识愁滋味，爱上层楼。爱上层楼。为赋新词强说愁。　而今识尽愁滋味，欲说还休。欲说还休。却道天凉好个秋。”便是从唯美的境界，一下子说到了无可奈何的境界。

唯美、深沉、无可奈何，不知是不是这个意思。

2014 年 12 月 11 日

旦極寒得示承夫人復小欬不
善得眠助反側想小尔復進何
藥念足下猶悚息卿可不吾昨
暮復大吐小噉物便尔旦來可耳
知足下念王羲之報

谢无量逸事

日前，友人王浩州赠我民国间《子曰丛刊》复印件，上刊白蕉《客去录》。我抄录之余，看到刊物上其他文字，也都可读。如巢章甫的文章《谢无量鬻字之始——艺海珠丛之三》就十分有趣，不妨誊抄如次：

> 梓潼谢无量，著作等身，书法出入汉魏，而以行草之气出之，与于右任先生相媲美。初不自爱惜，有求无不应。一日踯躅途中，有数人往后，相与谈说，或谓某店将开业，宜以何为贺，或曰可乞谢无量书一联，既不费钱，字又倜傥，众意皆可。谢私念己之书法，竟为市估利用，颇引为恨，遂悬润例，非钱莫办，求书者转多，于是别辟一室，专为作书之需，诚可谓写字间矣。客有求书者，陈纸于案，谢操毫濡墨顾客曰，吾例先润后墨。或有未携润金而请俟明日者，则搁笔曰，今日精神殊不胜，当明日书也。客亦不能相强也。其后求书者踵接，砚田有秋，十倍官俸，遂辞官而专以鬻书自给。谢在重庆，沈尹默在成

都，为抗战时两大书家，收入之丰，亦复相埒也。

方谢官南京时，时莅沪上，好作方城戏，顾每博皆负，必倾其所有，则随意取他人筹码以付胜家，局终不能偿，则曰今日殊未尽兴，贤主人明日乞为我治具，吾将为东道主，幸皆来，坚约而去。明日主人果如所言，则谢已之京矣。

谢尝于沪上约友共浴，两人故皆未携浴资，彼此亦不相知，谢浴先竟，无意间并着其友之袴而去，友出浴，遍觅袴不得，无已，乃以汗背心倒着代袴蹒跚街头。忽又遇一友，约共饮茶楼，漫应之，拾级登楼，已甚感不便，迨登楼，友辈坚让，宽衣，则坚辞，或谓时当盛暑，君素不拘小节，何若是，则微掀衣角曰，下情实有未许，乃述与谢共浴事。

逸事终属野史，谢无量是否真有其事，当然不能以此为据，然而读之令人莞尔。笑过之后，还是有些想法的。

首先觉得作者文学底子和书法底子真好。在网上一搜，果不其然，巢章甫为大风堂张大千弟子，在沽上被大风堂门人称为“大师哥”。其人“探六法八法之秘，研儒道佛道之玄，丹青可以妙用，诗文下笔成章，且擅篆刻，精鉴别，嗜收藏，工书法”。巢章甫在民国时期，也算不上一流名家，然而其综合素养，的确相当高。近年来文化复兴，有“民国热”，人们不仅热捧民国时期的学术大师和艺术大师，甚至连穿戴，也有所谓“民国范儿”，看来也有一定道理。看旧照片时，民国时期的学人、作家、艺术家合影，很少站成一排排，按身份地位划层次，或要人居中，而众星拱月者，而多为三三两两，随意聚散，其各有风采，映射出精神独立。人物之美，就在于无所依傍而各有风采。

以前的文人，以挂单鬻书为不得已的事，谢无量是否因润资十倍于官俸而辞职，不得而知。而操毫濡墨矣，客未携润，则曰“今日精神殊不胜，当明日书也”，事情做得也太直接了。以谢的身份，恐怕不至于这么直接吧？

这种文章，类似于现在的名人八卦，也不乏揶揄的口吻。如“写字间”，似乎就有些不以为然的意思。至于谢无量打麻将输了不给钱，还诳人家明日再来；洗澡时误穿浴友裤子，让浴友背心当裤子穿，虽为揶揄，而读者不会去谴责谢无量，反而会轻松一笑，许之为魏晋人物。文人总要有点逸事，才与众不同。有时候，名士为人，似不可理喻，其实“礼法岂为吾辈所设”，正是其放达高迈之处，不可衡诸常人常情。真能放下、放开的人很少，或者有人故为与众不同，装出来清高，造出来逸事，那就真是其俗在骨，俗不可医了。

适在网上读到卢利剑《谢无量：亦无一笔无谢无量》一文，谓“谢氏性好挥霍，用财直如粪土，虽数十年均主讲席，而时时闹穷。他每年必赴上海小住，至则例必住‘一品香’。妓院赌场，足迹常至，卜昼卜夜，必至‘三光’而止。所谓‘三光’者，乃人光、钱光、天光也”。共同沐浴之事，也以卢文记载详尽，抄录如次：

谢无量不自拘检，已属怪人之目，没想到无独有偶，其友曾通一之怪诞行径，与之恰相伯仲。曾通一是章太炎弟子，与谢同为四川同乡，每相约同游沪上，同寓“一品香”。一日，两人困居旅邸，穷愁相对，百无聊赖，曾谓谢曰：“久不沐浴，奇痒难耐，如何是好？”谢曰：“我昨日借得数元，以之沐浴，足可应付。”曾大喜，于是相偕同去澡堂。曾平生唯一嗜好，每浴必须擦背，细细享受一番，及至通体舒畅为止。追至重回座次时，岂知谢已杳如黄鹤，闻浴账未付，暗中叫苦不迭，幸得澡堂是老主顾，许以下次再算。曾如释重负，忙整衣归，又谁知裤子已为谢携去，乃权将短衫当裤用，双脚穿入袖中，上披一空心长衫，狼狈而归。途中却遇同为监察委员的王陆一，王问曾吃饭否？曾支吾以对。王于是挽之入酒家楼，时值暑天，王请其宽衣，曾推说不必，王以为曾之故作拘礼也，竟强为之解纽扣，岂知一脱之下，全角毕露，曾于稠人广座中，出此洋相，为之啼笑皆非。

前人论书，有谓“苟非其人，虽工不贵”，反过来看，苟非其人，精神没有一点超脱的地方，其书大概也不会“工”，即便是所谓“工”，也是匠工之“工”，不足为贵。“书画在法，其妙在人”，人物之美，最为难得。

2014年11月6日

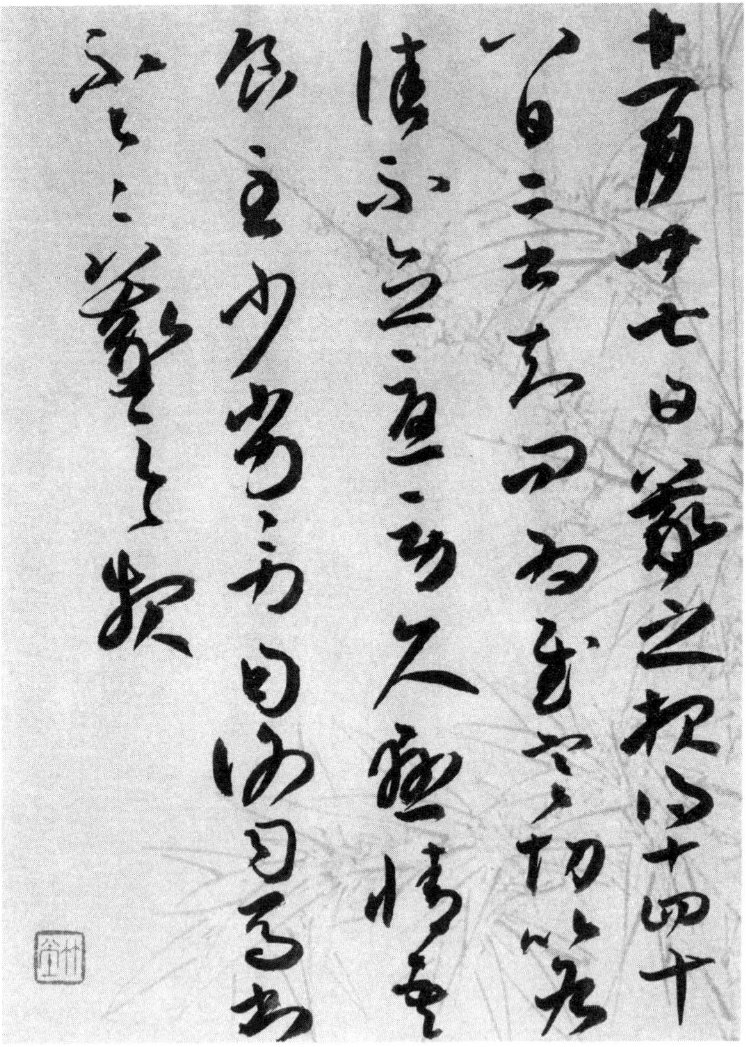

拒人之难

适披袁枚《小仓山房尺牍》，见《答金寿门托卖灯》两札。名人间尺牍，总能勾起八卦欲，遂抄录一过。

其一：

> 三月间芳讯至，属售画灯。适仆在江北弄田，未及裁答，致手书再问。先生笔墨，遗世独立，付灯奴以光明之，真奇宝也。奈金陵人但知食鸭腒（sōu，干鱼）耳。白日昭昭，尚不知画为何物，况长夜之悠悠乎！旧令尹虽膏唇拭舌，不能担竿而悬诸市，使童蒙求我也。久存许处，虑有所伤，须挈而归之。明珠反照，自怜终胜人怜。新曲四章，如云璈（音áo，乐器）水瑟，从何处吹来。师旷聆音，惟有寒天躅足而已。因幔亭之便，裁书写心。

金农托袁枚卖画灯笼，其穷窘可想而知。裁答，裁纸修书以答覆。先是袁枚未及裁答，或者是不想作答，而金农致书再问。说金农笔墨遗世独立，固然是称赞，然而隐然透出不谐于俗的意思：你的东西不好卖的。随即就拒绝了。拒绝的理由有二：其一，金陵人只知道吃鸭肉干鱼。大白天也不知道什么是画，谁夜里看你的灯笼？其二，既然没有人看画，只有强行推销。而我是进士出身，做过七年县令，哪能嘴上抹蜜，站街忽悠儿童？你的灯笼长时间放在许某那里，时间长怕弄坏，得还你。“明珠反照，自怜终胜人怜”一语，说得令人寒心，不知金吉金读了做何想。新曲四章，想是金农抄来的四首新诗。袁枚也是赞扬，“师旷聆音，惟有寒天蠲足而已”。蠲足，跺脚也。在盛赞之外，也让人听得浑身起鸡皮疙瘩。想金农见此信，必赧然不再言语。

然而幔亭这个捎信的人不太靠谱，想必金农又有信询问，袁枚又致一书：

> 腰镰（腰中插镰，弄田也）江北，芳讯朅来（朅，音qiè。朅来，到来）。知作答之笺，未彻于隶人之听。归后以一札交幔亭，属其相达，不图此公如西域贾胡，到处辄止。姜若彤来，知其又复沉搁。且许氏之灯，亦尚未还璧，此心缺然，谨以两手自搏，呼负负而已。蒙赐诗扇，真《易林》所谓“心有所好，口常欲笑”者。先生之风，出入怀袖，且喜且惭。一面遣人催取紫明供奉，速诣主人，并将原书，录呈英盼。

信未送到，东西没有归还，“此心缺然，谨以两手自搏，呼负负而已”。这是一封道歉信，也是一封蒙赠诗扇的感谢信，口气与上一札大不同。

百度，知幔亭即周椝，号幔亭，福建莆田人，流寓江宁，居清凉山畔。博学好古。有《阙里小志》《幔亭诗钞》等。工诗，善八分书，与袁枚、吴敬梓友好。姜若彤，即姜炜，字若彤，上元人。性嗜篆籀，摹印蜚声艺苑，为梁巘称许。《续印人传》有载。紫明供奉，指琉璃灯。陶縠《清异录》："上（唐武宗）独映琉璃灯笼观书。久之，归寝殿，王才人问官家：'今日以何消遣？'上曰：'绿罗供奉已去，皂罗供奉不来，与紫明供奉相守，熟读《尚书·无逸篇》数遍。'"

金寿门托卖灯，也许不该。他的诗足以传世，书画在扬州八家中，当然为翘楚，但生意不好，甚或抄经刻砚为生计。袁子才则有才、有学、有身份，懂经营，会生活。按现在的话说，一个是成功人士，一个是酸腐文人，不是一个路子。以袁枚的眼光，当然知道金农的书画好，但托卖灯笼，也许真的不合适。第一札拒绝中带点不悦，第二札带着负疚、谢忱，但终究还是拒绝。袁枚拿捏得刚刚好。

意犹未尽，接着再读一札《覆感遇上人》，恰好也是拒人的内容：

> 过诗社，见诗僧，忽忽改岁矣。家弟挈手书来，以诗稿索序，读之芊绵可喜。仆非不欲序上人也，尝谓诗人之传，惟王侯将相为最易，其次则闺阁方外而已，神仙鬼魅妓女而已。上人居易传之地，抱可传之才，存欲传之心，索助传之序，宜也。但余自问其地、其才、其心俱未足以自传，又乌能传上人耶？学问之道，若涉大海，其无津涯。愿上人暂息乎其已能者，而勤思乎其未能者，假我数年，贯休、齐己之

序，微随园其谁而归？

“读之芊绵可喜”，客套话，当不得真。列诗人之传者数端：王侯将相、闺阁方外、神仙鬼魅妓女，便有“人以诗传、诗以人传”的机锋在内。王侯将相、闺阁方外，也便罢了，偏又列神仙、鬼魅、妓女三项。怪力乱神，子所不语。妓女能诗，代不乏人，毕竟脂粉气重，难免俗艳。骂人不带脏字。然则感遇上人，居方外之地，抱干名之才，有炫世之心，索名人之序乎？我袁随园没有让你成名的本事。还是摆脱名缰利索，好好学习吧，真要写出贯休《禅月集》、齐己《白莲集》，我老人家不给你写序，谁给你写？寥寥百余言，闪转腾挪，绕得让人头晕，然而意思倒也十分明白：我不给你写序，好好学习吧，诗真写好了，我会给你写的。尖刻，也痛快。

江左才人，恃才而刻者，自古而然，似乎少了些温厚，但也多了分真率。以袁枚声望之隆，千方百计相求者，必铁限为穿，他还能洋洋洒洒写出这样的尺牍，也难为了。别说盛名如袁枚，即便一般人，但有一席之尊，一技之长，求索者必纷至沓来。或慈悲为怀，有求必应，百求百应，受惠者视所当然，永无穷期，若一事不谐，转成仇隙矣。

少年时读鸡汤类书，谓成熟必学会拒绝，因知拒人为难事。袁枚此类尺牍，意义亦不限于文辞之美吧。

2019年4月27日

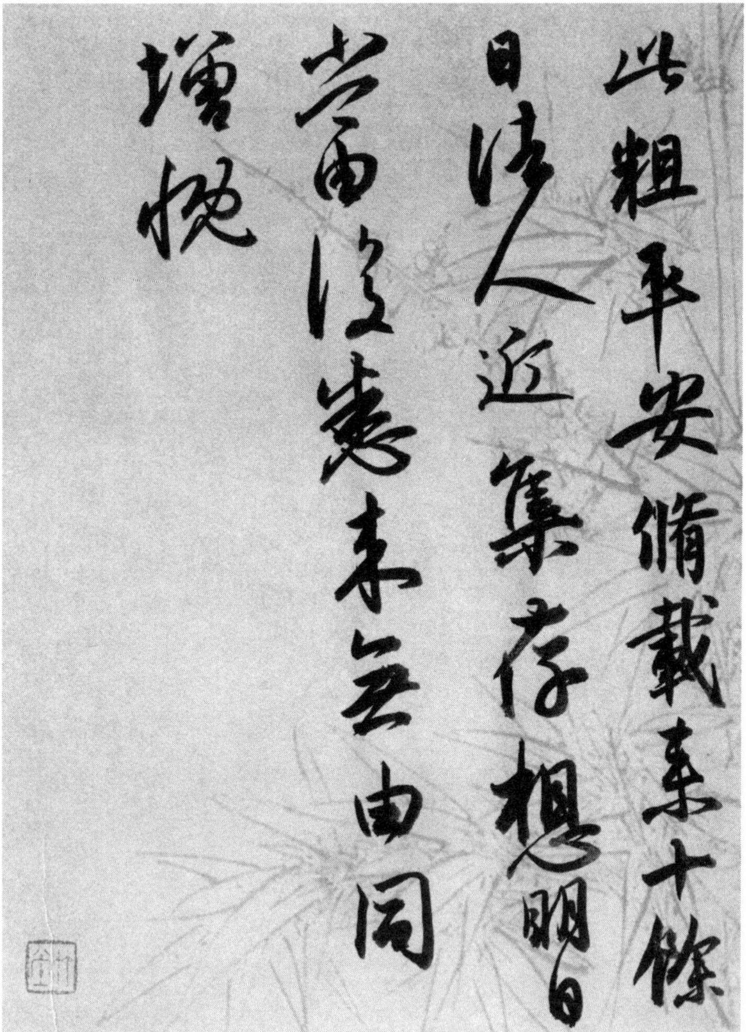
此粗平安脩載來十餘
日得人近集存想明日
增慨

访何民生先生

记不得什么时间了，我找到了“纪念白蕉”的新浪博客，就时常访问。这个博客做得纯粹而执着，更新很慢，然而资料性很强，“白粉”（白蕉的崇拜者）是一定要看的。然而我并不知道博主是谁，博主似乎刻意回避，至少是不愿张扬自己的名字。也记不得什么时间了，在博文的落款上，赫然看到了“何民生”三个字——这是白蕉哲嗣的名字，“白粉”都知道。之后，再访问“纪念白蕉”博客，便不仅是学习，又多了一分钦敬。于是，拜读博文，受益感激之余，偶尔留言评论，何先生见到留言，总有回复。一来二去，与何先生就渐成忘年“博友”了。何先生还不次擢拔，在博客上转载了拙文《读白蕉》《三百年来一复翁——再读白蕉》。转载时，何先生加了“编者按”，对一个后生晚辈，多加勉励，我伏读再四，真是感到三生有幸。等到我要着手编订《读白蕉》时，又“发纸条”请教，何先生回复，又是鼓励，幸何如也！

2015年5月9日下午，终于得到机会，我到上海长宁何民生先生家中，拜访先生。

就要见到何先生了，我无法按捺心中的激动。拿个录音笔？拿个记录本？想了想还是算了，我只是去拜谒一位长者，并不想煞有介事地采访。况且，经历过多少次煞有介事的采访后，我早已厌倦了套路式、引导式的预设话头。那么，跟何先生聊聊天，便好。

上海的出租车服务极好，一口气把我拉到何先生寓所单元门口。两手空空，殊无礼数，而何先生与夫人沈桂莲女士开门延入，热情备至。进门，见小方桌上置烟灰缸，烟蒂参差，我便心生欢喜。何先生问："抽烟吗？"答："抽。"相视而笑。何先生说："就怕你不抽。"桌上有一包烟，先生递我一支，自取一支，各自燃上。移烟缸于几，让我坐沙发，我再三辞，先生固让，只好坐下，先生则对坐在小凳子上。何夫人沏茶，我不饮茶，更以白开水。何夫人就入内室了。

何府是一套在一楼的公寓，面积不大，陈设简朴，家具用品皆旧。客厅南北向，狭长。沿东墙为书架，何先生手制。架上有书，亦皆老旧；有瓶瓶罐罐，似盛中药材，各色十许种，我都不认识；架下挂毛笔数十支，另有一圆底笔架，亦何先生手制，其形古朴，底座灌铅，持之沉重。我注意到毛笔的种类，多硬毫，或有兼毫也是偏于硬毫的。揣想白蕉当年用笔，大概也是这样吧。

北墙虽窄，然而挂的几件作品和一张照片，皆非凡。最显眼的，是蒋兆和画的白蕉像，即《白蕉老友五十二岁造像》，墨本，不设色，而造型极准，形神逼肖。何先生说，当时蒋兆和半个小时就完成了，上面蒋兆和的题字，也深见功力。一帧扇面，书郑板桥诗，刘墉体，功力深厚，字有庙堂气。上款为“复弟留念”，下款“伯刚”。“伯刚”不知何人，“复弟”是否即指白蕉，也未可知。何先生说，他常为一藏家装裱书画，藏家见这幅扇面上“复弟留念”四字，以为有可能是伯刚赠给白蕉的作品，就送给了他。另一幅白蕉兰花，画在波浪形纸上，纸墨似不甚佳，然而气息清朗，意思很足。何先生说，这是白蕉随画随掷的作品，偶尔捡出，觉得还可存，就存下了。上面的印章，如《黄河远上》，刻得一般，语义暗切“白云间”，或许是白蕉早年铁笔，也未可知。白蕉照片一帧，长衫，藤椅，坐一花园内，着僧鞋。何先生说，这是白蕉在一富人家花园所摄，着僧鞋访豪右之家，对白蕉来说，正常。郑逸梅《记云间白蕉》记：“《永安月刊》出满百期，举行庆祝会，设盛宴于旧时的楼外楼，我是编辑之一，白蕉是撰稿人之一，就邀了白蕉参与其盛。白蕉这天穿了件长衫，脚上是一双僧侣所穿的镂空布鞋，且赤足不御袜子。其实赤足穿皮鞋的，只有摩登女郎，以蔻丹涂了脚指甲，显其六寸圆肤光致。男子赤足，出入交际场中，是从来没有的，白蕉成为创举。”这幅照片上，白蕉是穿着布袜的。何先生说，白蕉曾与静安寺僧过从甚密，僧人颇有道，屡劝白蕉皈依，白蕉差不多就被说动了。白蕉时时着僧鞋，已经颇有点僧侣的意思，曾见过白蕉穿着麻布汗衫，在静安寺挥毫的照片，那种汗衫腋下空如，前后两片相连，想必十分凉快——一时走神，想到如果白蕉当时果然出家了，尚能饮酒否？能躲过后来种种否……

沙发的后面，有窗，所以剩余的墙面亦甚狭，挂着一张白

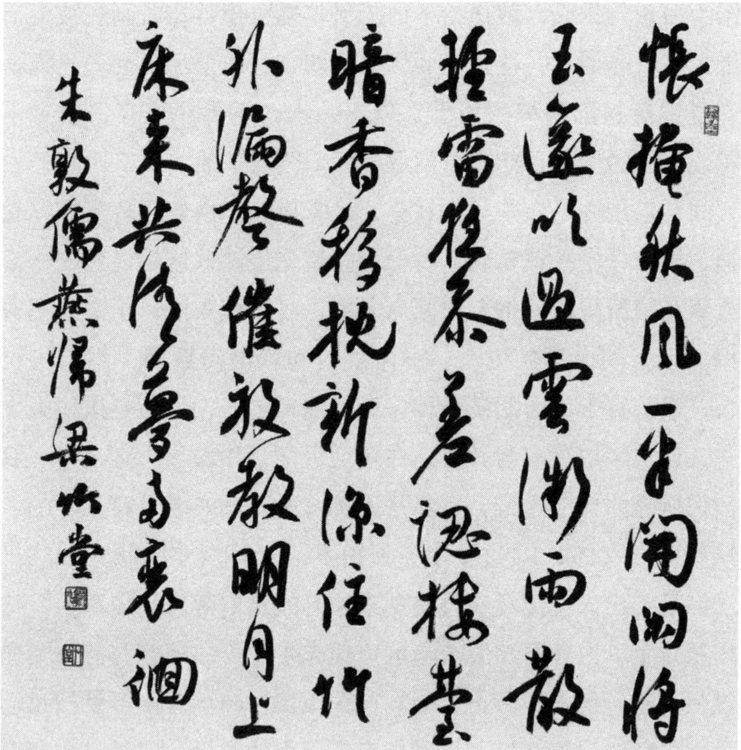

蕉书扇，是中宫宽松，点画圆润的那种，精品。可惜，言谈之中，不便观摩；先生座前，几宽不盈尺，紧挨沙发，沙发紧贴墙，空间甚仄，也不便观摩，甚至没有拍一张照片。

何先生饮茶，偏爱绿茶。抽烟，烟瘾与我相若，都不小。何先生身材颀长，容止彬如，举手投足中，透出“资深帅哥”的仪态，言语间约略还能让人想见复翁的率性不羁，只是，毕竟年逾花甲，终日操劳，也稍有老态了。

谈话当然从白蕉开始。正好，前一天，我见到了上海市书协秘书长潘善助先生。他谈及，上海市书协正与金山区有关方面协商，拟举办白蕉书法精品展、白蕉书法研讨会，并且如有可能，促成金山博物馆改名白蕉艺术馆。关于展览和研讨会，前年潘善助先生就曾提及，可见筹备的精心和不易，至于博物馆改名，或专设艺术馆，兹事体大，则更非容易。也许好事多磨，越是难办之事，越有价值。白蕉的书法成就，在书法界早已被广泛崇敬。拙文《三百年来一复翁——再读白蕉》，也得到不少共鸣。然而，若以社会影响而论，白蕉的影响力还需要进一步强调。人们常说历史是公正的，只是良好的愿望。由于种种因素的干涉，历史往往没有完全公正、真实过，即便于一人一事，水落石出的过程，也往往相当复杂。说到白蕉的书法艺术和社会影响，何先生也感慨良多。他说，尽管这些年来，白蕉已经获得广泛的认可，但也未必就引起了足够的重视。有人知道他的好，有人不知道他的好，但自己知道他的好。他的艺术不属于家庭，甚至不属于他自己，而应该属于社会，属于书法史，所以何先生尽全力来保存、整理白蕉的作品。说句题外话，白蕉作品，近年来价格节节攀升，而何先生断然不会出售他父亲的只字片纸，他于清寒的生活略不介怀，而心中怀有强烈的使命感和不可言宣的快慰。当此物欲横流，连艺术家也争夸豪奢的年代，专心致志，数十年如一日地做一件事，平凡中便有了崇高的意义。

好在何先生擅装池，整理先人手泽，亲力亲为。说话间，何先生入内室，持一木盒出。木盒做工细致，不仅四壁像是抛光了一般，合缝处更是没有丝毫瑕疵。木材的纹理细腻繁复，类如花梨。我问何先生，何先生说这是做小提琴的木料，别人赠送的余料。何先生的工艺，真不是盖的，说起技术，倒也不谦虚。我注意到何先生右手失小指，没敢问。何先生说，这是当年的工伤。尽管失一指，后来却轻松拿到了八级工的证书。何先生说，他曾参加一次上海市的技术比武，获第三名。还说，其实应该得第一的，前两人有关系，所以屈居季军。我立刻就想到了陈巨来说白蕉，“隐隐以他自居为第一”的况味，何先生果有父风。何先生说：“我的技术当时用不上，等到可以用上了，我也要退休了。”大有英雄无用武之地之感。木盒内装着两个报纸筒，想必卷着白蕉作品，我是多么想看啊。

说到白蕉的勤奋，自有多种资料佐证。何先生说，小时候学习稍不努力，他的姑母就会说，你父亲当年在小阁楼读书写字，不大下楼的。关于白蕉临帖，也有临欧书与原帖一样、放大王羲之帖张壁上等说法，奇怪的是，从目前出版的资料看，尚未见其临帖的只字片纸传世。何先生说，白蕉的临作，连他都没有见过。而且，何先生记事时，正是白蕉积极投身文化事业的时期，别说临帖，写字的时间也并不充裕。20世纪50年代末之后，接二连三的种种变故，恐怕白蕉也没有多少时间和心情静坐临帖了。近日网上流传一个帖子，为白蕉临《兴福寺半截碑》，据云为1941年临作，书写水平不低，也确实有白蕉的特征，但恐怕还有待专家进一步认定。如果为真品，则是白蕉临帖孤品矣。至于白蕉究竟学过多少碑帖，时间顺序是什么，也因临帖资料的阙如，难以论定。学王、学欧，自是确凿无疑；学锺、学虞，就免不了半分猜度；至于学东瀛“三笔三迹”，恐怕就不足取信了。白蕉尝道及滕原，是滕原行成或滕原佐理，乃无明说。何先生说，以书风论，可能指行成，但佐理的率性，可能白蕉更喜欢。世传徐悲鸿赠白蕉王羲之摹本照片，白蕉得力于此，我便请教何先生。先生说，原件现在金山博物馆，其实并非照片，而类似于工程晒图的晒蓝。想来这样质量的“复制品”，根本无法与现在的彩印相提并论，白蕉的自证自悟，天才的成分的确不小。

白蕉自己勤奋，课子亦严。何先生说，他小时候贪玩，每受责罚。家有一小板子，有错，即打手心三下。何先生害怕小板子，就藏了起来。有次又领责罚，白蕉遍寻板子不得，只好说，这次不打了，先记上账，下次再犯，一并惩处。白蕉爱儿女，写过大量记录儿女童趣的诗，其实白蕉自己也童心不泯。何先生说，小时候白蕉曾为他买很多玩具，其中有一把玩具枪，打出的橡皮子弹能吸到墙壁上，白蕉与他一起玩得不亦乐乎。说话间，进来一女士，我起身恭迎。何先生介绍说：“这是我姐姐。”哦，这就是何前男！《兰题杂存卷》中有一则：“默尔之后，忽思握管回环，具疾风迅雷之势，不禁腾掷叫呼，吾女前男闻声自隔室来，睹状大笑，阿父撇兰，为何若此？惜哉！吾女年稚，蚕桑雨蕉之声，尚待知之也（七月三日夜并记）。”当年读帖，不知何前男之名，于“吾女前男闻声自隔室来”一句，百思不得其解，所以印象深刻。“前男”，原来意为“下一个是男孩”之意，意同“招娣”，呵呵，原来复翁和金学仪先生，也重男轻女啊。我对何女士说，原来您的名字意思是“招娣”？何女士一笑：“叫招娣多不好听！”古稀老人，亦尚童心不泯焉。何女士不多言，稍坐即去，我起身要送，何先生示意不必。何家人重礼，也不拘礼。何女士原在新疆，金先生晚岁，回沪帮助侍奉。金先生以一所房屋遗何女士，现在，何女士将售屋，之后将回疆生活。新疆、上海，离得实在远了些。

沈、白高下之争，近年不绝于耳，牵涉历史贡献、作品境界、社会影响、身后传承等，实为社会、伦理、艺术问题的交织。拙文曾表达过一己之见，但也并不掩耳不闻异见。艺术高下，将来史上自有分别，而沈、白间到底有无不睦，却也说焉不清。陈巨来《记十大狂人之白蕉》云：“只他对沈尹默云云，似太对沈老过分一些，使沈老大大不怿。”然而究竟如何过分、如何不怿，陈氏没有说。我问何先生，何先生也不知。何先生说，据他的印象，白蕉对沈尹默先生十分尊敬。就目前资料看，白蕉与人通信中曾提及沈尹默，辞气恭敬之至。只是《白蕉自书诗册》中的两首诗：

气息强能接宋元，即今论帖孰知源。名笺精绝胡

何民生先生与沈桂莲女士

何前男女士

何民生先生（右）与作者

桃字，书势终怜目力冤。

清言娓娓重南金，此老能书苦用心。谁料诗词真蕴藉，信无浅语出思深。

平心而论，我私下认为白蕉论断，是有史家眼光的。但“在齐太史简，在晋董狐笔”，施之于前修，怎么说都太逆耳。秋明老人是否由此不怿，亦未可知。何先生说，他曾为“气息强能接宋元”一句，请益海上专家。专家说，“强”应读平声，则意为沈尹默书法不在宋元之下，是为赞誉。站在诗家立场，“强”应读平声，否则“能”就犯孤平。复翁诗坛老手，当然不会犯孤平。然而“强”字毕竟平仄两读，若读为“勉强”之“强”，则尤为不客气。再说，即便读为平声，而第四句“书势终怜目力冤”，也恐怕难以扭到赞誉上，所以我宁信白蕉实话实说。以中国之伦理人情，赞誉前辈，推重同侪，自是应该，然而子敬自称胜父，苏、黄师生间互嘲蛤蟆、死蛇，不是更通达洒脱吗？再联想到今日之研讨会，吃人家的嘴短，拿人家的手短，以致学术研讨，演化为电视购物广告般无耻，士风安在哉？以沈尹默先生年高德劭，早年陈独秀讥之以“其俗在骨”，犹不介意，想也不至因此而大不怿。

然而白蕉虽自负，却听得进别人的讥评。何先生说，有一老辈人物（是否沈我忘了）见白蕉所绘兰，讪笑曰：这哪是兰花，这是韭菜炒虾米。白蕉闻之大笑曰：韭菜炒虾米，下酒好菜啊！至于因艺术观点不同，影响交情，则白蕉更不可能。

众所周知，白蕉讥评康有为，徐悲鸿是南海弟子，然而又为白蕉至交。邓散木学帖，虽功力深，而流于刻板，白蕉最不喜刻板，甚至讥赵子昂为记账先生，而与邓散木为至交。白蕉谓包、康之流为生毛桃奇嗜，则唐云书法，简直连生毛桃也算不上，但白蕉与唐云为至交。是知即便艺术观点南辕北辙，也并不影响交情笃厚，正所谓“文章无唱和”，也照样可以“交情同骨肉”的。沈、白隔阂，恐怕难以厘清了，沈、白高下，再过五十年，自见分晓，却也不必急。

听何先生的话，为了写字进步，我留下来吃饭。

在家里，何先生除了工作，诸事不管不问，电话也不拿，属“甩手掌柜”。何夫人则料理一切家务，端的是贤内助。即便出去吃饭，到哪里吃，吃什么，也是何夫人决定。我们先到一家老字号，等座的人不少。以我的脾气，店再好，也不愿等座，何先生也是这脾气，于是去了另一家。店名忘了，好像是杭帮菜，我点菜，何夫人又加菜，礼也。何先生说：“以前我是工人，她是小学校长，下嫁给我了。”饭后，约的车在外等我，何先生让夫人买单，就送我出来。是夜，遂失眠。

前辈名家的后人，以整理、保存、弘扬先人的艺术为职志，长年累月，无一日懈怠者，我孤陋寡闻，还真不知道第二人。从何先生博文的只言片语中，偶或感到白蕉式的耿直率真，尤使我戚戚然，仿佛看到复翁影子。子曰：“三年无改于父之道，可谓孝矣。”民生先生始终无改于父之道，其孝，尤不局限于父子人伦，实则担荷文化之重。

2015 年 5 月 22 日

海上三日记

丁酉（2017）六月廿八，余往海上。因公，采访海上花岛度假村百位书家书写《金刚经》活动；济私，将赴锦江大酒店瞻拜白蕉先生作品，将拜访白蕉先生次女何益玲先生。

王君浩州语余曰，锦江有拍卖会预展，将有白蕉先生两册页面世。浩州已先行到沪。廿八日晨，余乘早班飞机至虹桥。先已百度，遂地铁至陕西南路。出地铁，搭出租，车停酒店门庭，问展览所在，门童曰：“正此处也。”呼浩州出，相携流连，意甚惬。展品颇丰，然吾二人心之所系，只在复翁耳。

复翁书共三件。

其一，唐云山水画上题字。所题为一首《如梦令》：“林下一溪春水，林上数峰寒翠。中有隐居人，茅屋数间而已。无事，无事，石上坐观云起。”此乃元人王容溪词。复翁跋云：“此大石十八年前之作，意在二石，并拾昔人句为题。笔墨洒脱，自具气象，卒为易纸而罢，遂为从初珍秘。癸卯冬日，出以相示，嘱题原句，并叙其事。从初信今之有心人哉！

题句有隐居人云云，云间云：宁非山中宰相耶？白蕉。”大石即唐云，唐云有号曰“大石翁”，有斋号曰“大石斋”。“二石”，盖石溪、石涛也。石溪即髡残，字石溪。“从初”，当为唐云弟子徐从初。癸卯，1963年也。大概唐云曾在画端书王容溪词，“卒为易纸而罢”，指舍弃了题跋，抑画为徐从初收藏？或兼有二意吧。

其二，为赖少其书毛主席诗词手卷。浩州云，此卷原为册页，拼接为卷。书体不一，谅非一时所书。复翁晚年，以困于疾病，心力已不如前，而一种倜傥之气，仍迥出侪辈。

其三，为赖少其绘兰花册页，每开皆有长题，书画皆精。在展厅巡视未见，忽见整册置玻璃柜中。怯怯问服务生：此可出示否？服务生即拿出，小心翻页，一开一开地让我们细看。我与浩州，皆不似腰缠万贯，有收藏实力者，然而服务生态度绝无不耐烦。就凭这，我对海上的印象，又好了一层。题跋或韵或散，与《兰题杂存》内容相类，为复翁经验之谈，经心之语。照录如次：

难而出之以易，得隽逸易，基于难为疾势也。易而出之以难，得凝炼难，出于留为涩意也。书画故是一理。甲辰为老赖同志方家写十二帧，为养痾黄山游目之资，并乞教之。

晴江板桥见乱俗，大涤无意是高作，肆从困来，妙生笔秃。

云飞电走破休闲，郑赵周陈夺几关。秃管秃翁管何事，只写春风满世间。

入难，出亦难。知入难，而始下力。知出难，故终复下力。若不知出，则真难矣。昔人谓小僧缚律，宜不知有散僧入圣事，若白蕉，则过百家门而不入者，自辛丑秋起又自镌印，钤所写兰，其文曰：“不入不出翁。”写兰不入不出者，无门也。

朝日如盆，豁我心孔，写眼前一朵花。

人问写兰有何秘，曰无秘。只是问真爱假爱，只是生活加前人经验。请益曰：长短、浓淡、疏密、高矮、团尖、自然、冷热、心念，可须期艾出之，便当得之耳。

小寒阻放茁肥花，长叶受风生远势。试笔试墨味浅深，海上几年苦求纸。

我与妻儿是两家，移盆窥影独咨嗟。孤檠能说宵来事，头白狂生最爱花。

着力东风笔阵骄，山河壮丽太阳高，万年春在芳华在，韵洽歌声入九宵。

“谷有千年兰。”江淹《王太子乔》小赞句。一香可喜之外，得风和日丽之观，群情所可，兰意亦笑。

寒窗晴日之下，得此一笔，庶几庄文李诗，请无论繁简。

味茶闲中，每见春风晴云，满壁静绿，骤来飞香，千里之情，伸纸挥豪，写此佳思。

甲辰，1964年也。复翁作书，旧作或一书再书，内容并非一时一地所为。如“我与妻儿是两家”诗，他处亦见。“一香可喜之外，得风和日丽之观，群情所可，兰意亦笑”，亦数见，尤其《兰题杂存》中亦见。复翁书总是给人以率意之感，其实，与其文字一样，外示简率，实则反复琢磨，精益求精，老蚌含珠，绝非容易。

午间与浩州坐一小饭馆，晤谈甚欢。饭后分袂，各自散去。浩州之于白蕉，惟精惟一，念兹在兹，下的功夫，取得的成绩，都远远过我。每一相见，我都会暗暗佩服，也不由感慨时光如水，老大无成。年过五旬，便想学点什么，也只能是秉烛夜游了。

下午，往活动报道地，按线路图，颇曲折。至一书画院门口，却见铁将军把门。电话询问，方知开着后门。及入后门，来人已不少，只是我这些年鲜得外出，“乃不知有汉”，书界青年才俊，已渐无所闻焉。乘车往崇明，原先我以为一衣带水，片刻能至，不意路途颇不近。

次日，百名书家写《金刚经》，着装统一，挥汗如雨，俨然热闹的水陆法会。我素不喜热闹，此次以记者身份来，只流连参观而已，虽中下怀，然而不免有凑热闹的况味，于是心情也说不清。大抵江左才子，华丽张扬；巴蜀才子，奇璠自信；岭表才子，领异标新；塞外才子，粗犷豪迈；而四方之中者，沉厚矜持，若无可称者，是取其中也。油然想到谋生传媒以来，忽近二十年，烈火烹油、鲜花着锦，与夫门前冷落，人走茶凉，总也算见过些，于是毫无道理地，在炎炎烈日下打了一个寒战。

往时，我到某寺，见男女老少在寺中忙忙碌碌，便嫌其热闹。问寺僧，清修之地，何竟如此？僧笑曰："大法不离世间法。""色即是空，空即是色"，其中微妙，或非形式逻辑、数理逻辑所能牢笼。如我凡俗，随喜便了。

崇明没有隔岸的繁华，入夜更加清静，与朱中原先生沿着乡村道路走了很远。路旁有村民的小楼，树、庄稼和灯光，参差而来，悠然而去，谈话无主题，旋即消逝在窸窸窣窣的风中，甚感惬意。中原先生美姿容，才学赡富，其书狷介，约略可接前代风猷，实为人中龙凤。

一夜无话。

前年我到上海时，曾与复翁女公子何益玲先生约，想拜望她老人家，后因我的行程问题，未能如愿。我心里一直歉疚，也一直期盼。这次又与老人约，而且详细报告了行程。老人家为了我方便，选定一家地铁站口的沪菜馆，要请我吃午饭——真是我前世修来的福。

老人是复翁次女，即复翁口中的"阿逸"，1935年生，已82岁高龄了。

我赶最早班的车到虹桥，然后乘地铁到静安寺，甚早。离与何先生约的时间尚早，离与羽菡女士约的时间，也还早。羽菡徐海红女士是个诗人、书家，爱文艺，有诗歌评论著述，曾采访数十位上海文艺界名人，成《遇见 · 你》一书，在上海书展上，还引起了不大不小的轰动。她也想见何先生，我当然乐

白蕉先生写给何益玲女士的扇面

唐云先生画给何益玲女士的扇面

得与才女偕行，而且与本地人在一起，肯定不会走冤枉路。然而我到得早，也不便催促。想到白蕉先生有一张穿着竹制背心在静安寺写字的照片，又想到何民生先生告诉过我，复翁当时与静安寺方丈颇相得，差一点被这老和尚给鼓动出家，就迤逦而行，独往静安寺。

我看到静安寺时，的确有点吃惊——端的是金碧辉煌！如今，寺庙都不荒寒，城市中的寺庙，更是富甲一方，况且上海乃举世闻名的大都会，流光溢彩，那是必须的。进寺不要门票，我在各殿转了一圈，倒还稍微有点累。各殿大抵都有功德箱，信众又到处扔钱，钢镚儿的声音，像哗哗的流水。我佛真是有钱啊。我偶读佛经，因为爱好书法，手书《心经》，总有数百遍吧，然而我并没有宗教信仰，以为释迦牟尼只是两千多年前的思想家、哲学家，与孔子、老子、庄子、孟子、苏格拉底、柏拉图、亚里士多德差不多，代表了人类智慧的巅峰，甚至模铸了人类的思维方式和行为方式。耶稣和穆罕默德年代较晚，我也不熟悉。其实这些哲人的学行，我都不甚了了，我没有给佛磕过头、送过钱。倘若真有神力，我不乞求额外的福，也不躲避当受的罪。但要是说到“信受奉行”，感觉还是“天命之谓性，率性之谓道，修道之谓教”来得实在。复翁书迹中，我想不起来有释典的内容，直面人生，击浊扬清，以及花朝月夕，缱绻缠绵者，却在在皆是，毕竟是个儒生。大抵魏晋人物，以最深情的方式关心时事，以最唯美的方式逃避现实，最自我，也最忘我，当离乱之秋，自帝王将相以至苍头百姓，倾尽心力地绽放，无可奈何地凋零，穿不穿袈裟，也真无所

何益玲女士（右二）、胡祠兴先生（右三）、羽菡女士（右一）与作者

谓。

出寺，羽菡应约至。因为何先生与我约的时间十分具体，我们便掐着点儿准时前往。进大厅，见一老人静静坐着，我就疑心是胡祠兴老先生，何先生的丈夫。不相识，不敢冒失，先打电话，果然是胡先生。让老人在大厅等，真过意不去。就坐，两位老人的彬彬有礼，让我感动。何益玲老人个子不高，面容清癯，目光炯炯，举手投足间，亲切大方，不由让人憧憬旧时大家庭里的修养。同来的还有何先生的外甥女、外甥女婿，也就是何雪聪先生的女儿和女婿，年近六旬，由于历史原因，他们都没有从事书画工作，不过言谈间，也听得出他们的爱好，毕竟有前辈的熏陶。何先生的外甥女婿告诉我："我知道你，还在书店买过你五本《读白蕉》呢。"

何先生说："今天时间短，我让你看件东西。"说着，拿出一个包了两层的小包，解开，是白蕉、唐云合作的纸扇。

一面是复翁书，曰："笑来擎泪，说着心还喜。隔夜无眠同敌忾，街静冲锋声厉。满城唱彻秧歌，八方万岁高呼，十里长龙相接，红旗翻舞欢娱。十周年到，貌换春申道。若问何来全面好，事事都争分秒。欢腾长庆翻身，共歌党是恩人，喜看光辉前路，人人益奋忠勤。清平乐，上海解放十周年纪念二首。书为益玲我儿。白蕉。"一面是唐云先生画的丝瓜鸣蝉，落款曰："益玲小友拂暑。唐云画。"上海解放十周年，当为1959年，复翁这一年应该摘掉了右派帽子，词也有鲜明的时代特色。何先生说，复翁曾说要为每个子女都写一本册页。不知后来写了没有，我也没有问。

因为我当天下午返郑，只有一个午饭时间，没有机会请教更多的问题。况且何先生已是耄耋老人，也不敢太打搅她老人家。

饭后辞去，海上三日，也算结束了。

回来后，时不时回忆起三日旅程。想不到记下来，已三阅月矣。

2017 年 11 月 10 日记。

执拗的袁勇

我与袁勇兄，相识于2003年。那一年“非典”，好记。我是奉梅翁吉欣璋老师召，参与由河南教育报刊社组织的一套书法教材的编写。那时候，我比现在还穷，吉老师的意思，肯定是想让我利用业余时间兼一份工，挣些散碎银子度日。袁勇兄当时供职《中学生阅读》，属于河南教育报刊社旗下杂志，也被社里罗致其中。而主其事者，是教育报刊社的一位领导，实际负其责者，是樊学兵兄。袁勇与我一样，都是棒棒，顶多算是半个东家。

袁勇是有本事的，语文功底扎实，编辑业务娴熟，临事有创意，执行力也强，所以脾气也大。当时他给我的感觉，有两方面：其一，属于稍微有点坏坏的那种才子，这类型，在所谓艺术圈子中，比较常见，不大循规蹈矩，而弄出来的东西，常常叫人暗暗佩服；其二，还是稍微有点坏坏的那种才子，眼里不糅沙子，不分眉高眼低。身份低于他才华也低于他的人，会讨厌他，而上峰也会硌硬他。编书事毕，联系少了，偶尔电话短信而已。而果然因为诸事不谐，袁勇兄离开了教育报刊社。

旋以高薪受聘外省，主持一家好像是小学生拼音报纸的编务，路途遥远，异乡人感觉，或不能任，期年而返。后又受聘某出版社，任编辑室主任，写了一些，也策划、编辑了一些真正能称得起“书”的书，然而也约略期年而返。

他的务工生涯，就这样三番五次，乍然烈火烹油，乍然水流花谢，难为他了。而我们的联系，倒也频繁起来。他爱动感情，不能饮，或偶尔把杯，便油然哭之笑之，倒也爽得紧。像我们这样，凭着识几个字就只身都邑者，骨子里都有点拗蛋，说文雅点，是不谐于俗。屈原有言，虽九死其犹未悔，况且我们死不了？所以即便百不如意，也总玲珑不起来。日居月诸，也只好由着自己。

于是袁勇兄不再屈居人下，开了“文心书馆”。

“文心书馆”，教授语言、文字、作文，近之提高成绩以取悦家长，远之滋兰树蕙，以赓续我中华文脉，才数年，倒真是如火如荼起来了——他就该吃这碗饭。

袁勇的语言、文学功底，自然是没得说，我理解。我不理解的，有几个方面。

其一，他文字功夫本身就好，不知道什么时候开始，钻研小学，而且钻得深。所谓小学，文字、训诂、音韵之学，或者更通俗地说，就是字形、字义、字音。读书，总是要先识字的，所以小学是经学的基础。而经、史、子、集之学，被称为国学。说来惭愧，我以书法糊口，其实连小篆也不大认识，更无论甲金。不过，就一般读书人而言，能查《说文解字》，也差不多够用了。我在袁勇的书馆，见到了无数听说过或没有听说过书名的书，文字方面的经典名著，他搜罗殆尽。这东西很劳心劳力，我想，可能是他执拗，遇到问题，非要弄个水落石出，所以不得不读这些东西。我想到自己二十多岁时，读过一套好像是北师大编的古代文选。这套书的注释方法，总是先引字书，再罗列经典以互证。这个办法，就颠扑不破，因为它直取本源，不为枝叶所累。于是又想到数学中的原始概念和公理，因为是起点，所以都是无须证明的。小学对于国学，大约就是这样，算是看家的本事。

其二，他有童心。在家庭，他都能跟子女朋友式地交流。在书馆，他能把文字编成小故事；能在古文中截取有童趣的段落，讲得引人入胜，让学生激发得不亦乐乎。也许在孩子们玩得尽兴时，不知不觉间，也就学会了说话、写话。作文，无非也就是写话，话写得清楚、有条理，再有点循循然善诱人的意味，作文之功毕矣。童心者，真心也，赤子之心也。袁勇以童心为本，以童趣为法，导夫正路，捅破孩子怵于作文的一层窗户纸，实在是功莫大焉。想想前几年听说有的孩子为作文高分，居然杜撰出父母死亡伤残的由头，泯灭的岂止是童心，而是良知，其将禽兽不耶？

也许袁勇的执拗，本身就是童心的表现。而袁勇兄经过多年阅历，似乎也少了些觚棱，或者说不尽似李卓吾了，满头华发，万卷藏书，蔼然而为夫子矣。

2017年5月31日

读帖

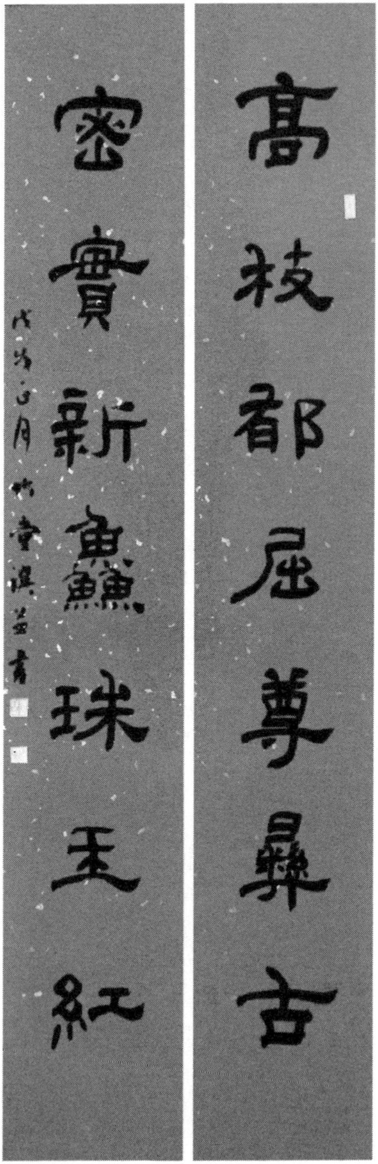
高枝都屈尊彝古
密實新鱻珠玉紅

读苏轼《新岁展庆帖》

闲览杂志，见介绍苏轼《新岁展庆帖》的文章，释文中，把“季常先生丈阁下”错释为“季常先生文阁下”，断句也颇可商榷。在电脑中找到大图再看，确实是“丈”，而不是“文”。在网上搜释文，释为“文”者不少。盖电脑时代，为文者懒怠打字，竞相剪贴，一错既成，化身千万，无可奈何。

也是闲来无事，就细细读了一遍帖中的文字。苏书，《人来得书》《新岁展庆》二帖，是尺牍类的精品，窃以为，其格或在声名煊赫的“天下第三行书”《黄州寒食诗》之上。惭愧的是，我并没怎么在意过其内容。《新岁展庆帖》释文：

> 轼启。新岁未获展庆，祝颂无穷。稍晴，起居如何？数日起造必有涯。何日果可入城？昨日得公择书，过上元乃行，计月末间到此。公亦以此时来，如何，如何？窃计上元起造尚未毕工，轼亦自不出，无缘奉陪夜游也。沙枋画笼，旦夕附陈隆船去次。今先附扶劣膏去。此中有一铸铜匠，欲借所收建州木茶臼子并椎，试令依样造看，兼适有闽中人便，或令看

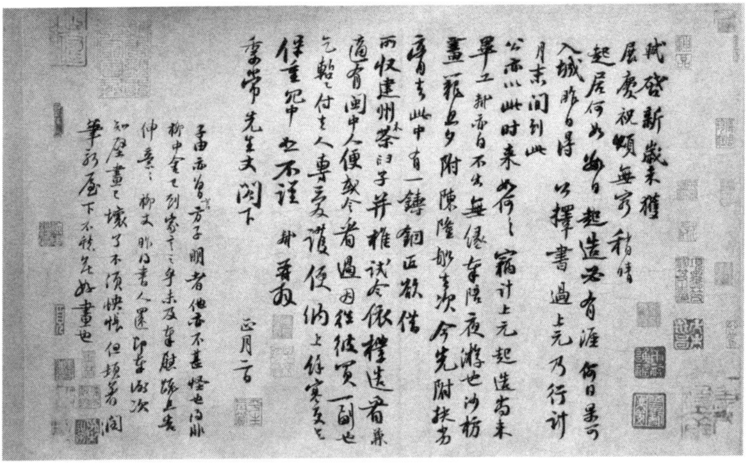

过，因往彼买一副也。乞暂付去人，专爱护，便纳上。余寒更乞保重，冗中恕不谨。轼再拜，季常先生丈阁下。正月二日。

子由亦曾言，方子明者，他亦不甚怪也。得非柳中舍已到家言之乎。未及奉慰疏，且告伸意，伸意。柳丈昨得书，人还即奉谢次。知壁画已坏了，不须快怅，但顿著润笔，新屋下不愁好画也。

展庆，致贺。公择，即李常，字公择。沙枋，不详，或谓是阴沉木，多用作寿材，甚昂贵。画笼，不详，或谓是雕花鸟笼，或谓一种灯笼，大概是上元观灯时所用，阙疑。陈隆，或为人名。想沙枋画笼体积较大，需附陈隆船去。

扶劣膏，不知何物。苏轼致吴复古书云："寄惠建茗数品，皆佳绝。彼土自难得茶，更蒙辍惠，惭悚！惭悚！沙鱼、赤鲤皆珍物，感怍不可言。扶劣膏不识其为何物，但珍藏之，莫测所用，因书幸详示谕也。近有李明者，画山水，新有名，颇用墨不俗，辄求得一横卷，颇长，可用大床上绕屏，附来人纳上。江郡乃无一物为回信，惭悚之至。儿子无恙，承问及。"

吴复古，字子野，又字远游。此简见《苏东坡全集》卷八十。据徐邦达考，《新岁展庆帖》作于元丰四年（1081）正月二日，误。论定此误，有两个根据，要而言之：

起造事。东坡元丰三年（1080）二月一日到黄州，居定慧寺。是年春夏移居临皋亭，营"南堂"，帖中"起造"之事，固不谓此。元丰四年（1081）冬，雪中营"东坡雪堂"，元丰五年（1082）正月堂成，与帖中所述正合，则《新岁展庆帖》，当作于元丰五年正月二日。

扶劣膏事。苏轼《答吴子野之一》：“济南境上为别，便至今矣。其间何所不有，置之不足道也。专人来，忽得手书，且喜居乡安稳，尊体康健。某到黄已一年半，处穷约，故是宿昔所能，比来又加便习。自惟罪大罚轻，余生所得，君父之赐也。躬耕渔樵，真有余乐。承故人千里问讯，忧恤之深，故详言之。何时会合，临纸惘惘。”由是知苏轼在黄州得吴复古信，始于到黄一年半，即元丰四年（1081）八月，则受赠扶劣膏、写信问扶劣膏为何物、以扶劣膏赠送陈慥，必更在元丰四年八月之后矣。

广州美院陈锴生先生《新岁展庆帖年代考》考之颇详。

上海俞丰先生《经典碑帖释文译注》，由苏轼致李常书及苏辙相关文章推断，更增确证。苏轼《与李公择》：“秋色佳哉，想有以为乐。人生唯寒食、重九，慎不可虚掷，四时之变，无如此节者。近有潮州人寄一物，其上云扶劣膏，不言何物。状如羊脂而坚，盛竹筒中，公识此物否？味其名，必佳物也。若识之，当详以示，可分去，或问习南海物者。子由近作栖贤《僧堂记》，读之惨凛，觉崩崖飞瀑，逼人寒栗。”苏辙《庐山栖贤寺新修僧堂记》作于元丰四年五月初九，因知苏轼受赠扶劣膏，必在元丰四年五月初九之后，至重阳节许。

建州，在今福建，福建“建”字所由来。

木茶臼子、椎，研茶工具。

受信人季常，即陈慥，字季常。苏轼《岐亭五首叙》说：

“元丰三年（1080）正月，余始谪黄州。至岐亭北二十五里山上，有白马青盖来迎者，则余故人陈慥季常也，为留五日，赋诗一篇而去。明年正月，复往见之，季常使人劳余于中途。余久不杀，恐季常之为余杀也，则以前韵作诗，为杀戒以遗季常。季常自尔不复杀，而岐亭之人多化之，有不食肉者。其后数往见之，往必作诗，诗必以前韵。凡余在黄四年，三往见季常，而季常七来见余，盖相从百余日也。七年（1084）四月，余量移汝州，自江淮徂洛，送者皆止慈湖，而季常独至九江。乃复用前韵，通为五篇以赠之。”可见二人交情之厚。

至此，不求甚解，《新岁展庆帖》大意是：苏轼给您说，新年未能致贺，这里祝您一切好！天稍微放晴了，您身体怎么样啊？近来我盖房子，总会有个头儿。您啥时间能来黄州？昨天收到李常来信，说过了元宵节就动身，估计月底到这里。您也这个时候来，怎么样？我估计元宵节，我的房子还不能竣工，也没法出门，所以就不能陪您夜游了。沙枋画笼，这几天随陈隆船运过去。现在先送上扶劣膏。我们这儿有个铸铜匠，想借您存的建州木茶臼子和椎，让他试着仿造一个。要是有人去福建，或者让他们先看看，到那里买一副。请付给我派去的人，会好好爱护，随后奉还。天还冷，多保重，我这儿忙忙碌碌的，不周到的地方您原谅。苏轼再拜，季常老先生阁下。

子由，苏辙字。“乌台诗案”后，苏辙谪筠州（江西高安）监盐酒税，期间与方子明有交往。其《余居高安三年，晨入莫出，辄过圣寿访聪长老、谒方子明，浴头笑语，移刻而归，岁月既久，作一诗记之》云：“朝来卖酒江南市，日莫归为江北人。禅老未嫌参请数，渔舟空怪往来频。每惭菜饭分斋钵，时乞香泉洗病身。世味渐消婚嫁了，幅巾绦褐许相亲。”莫，通“暮”。时苏辙颇佞佛，方子明赠予舍利。然而方子明所赠舍利，是否释迦牟尼真身所化，盖亦无稽也。“亦不甚怪”之事，是否谓此，亦不可知。

元丰八年（1085），苏轼自文登赴京，过长清真相院，舍苏辙所存舍利。元祐二年（1087）八月，苏轼作《齐州长清县真相院释迦舍利塔铭并叙》，载《东坡全集》：

洞庭之南，有阿育王塔，分葬释迦如来舍利。尝有作大施会出而浴之者，缁素传捧，涕泣作礼。有比丘窃取其三，色如含桃，大如薏苡，将寘之他方，为众生福田。久而不能，以授白衣方子明。元丰三年，轼之弟辙谪官高安，子明以畀（bì，给予）之。七年，轼自齐安蒙恩徙临汝，过而见之。八年，移守文登，召为尚书礼部郎。过济南长清真相院，僧法泰方为砖塔十有三层，峻峙蟠固，人天鬼神所共瞻仰，而未有以葬。轼默念曰：“予弟所宝释迦舍利，意将止于此耶？昔予先君文安主簿赠中大夫讳洵，先夫人武昌太君程氏，皆性仁行廉，崇信三宝。捐馆之日，追述遗意，舍所爱作佛事，虽力有所止，而志则无尽。自顷忧患，废而不举，将二十年矣。复广前事，庶几在此。”泰闻踊跃，明年来请于京师。探箧中得金一两，银六两，使归求之众人，以具棺椁。铭曰：

如来法身无有边，化为丈六示人天。伟哉有形斯有年，紫金光聚飞为烟。惟有坚固百亿千，轮王何育愿力坚。役使空界鬼与仙，分置众刹奠山川。棺椁十袭閟精圜，神光昼夜发层巅。谁其取此知且权，佛身普现众目前。昏者坐受远近迁，冥行黑月堕坎泉。分身来化会有缘，流转至此谁使然。并包齐鲁穷海壖，犷悍柔淑冥愚贤。愿持此福达我先，生生世世离垢缠。

柳中舍，不知何人，又称“柳丈”，当与“季常丈”类。味其辞意，柳中舍当于陈慥关系更密迩，考虑到陈慥之妻，即著名的“河东狮吼”的柳氏（戏曲中的“柳月娥”），莫非为陈慥外家亲戚乎？

学书实不必细究碑帖文辞，碑帖不可句读者夥矣。然而，留心其文字内容，也未尝不是有意思的事。

2017年9月6日记。

所謂賢人者既相似又相
信而不疑也子固作懷友
一首遺予其大略欲相扳
以至乎中庸而後已正之
蓋亦嘗云爾夫安驅徐行
轥中庸之庭而造於其室
舍二賢人者而誰哉予昔
非敢自必其有至也亦願
從事於左右焉爾輔而進
之其可也噫官有守私有
繫會合不可以常也作同
學一首别子固以相警且
相慰云

王安石同學一首别子固 丁酉冰月 竹堂

江之南有賢人焉字子固
非今之所謂賢人者予慕
而友之淮之南有賢人焉
字正之非今之所謂賢人
者予慕而友之二賢人者
足未嘗相過也口未嘗相
語也辭幣未嘗相接也其
師若友豈盡同哉予考其
言行其不相似者何其少
也曰學聖人而已矣學聖
人則其師若友必學聖人
者聖人之言行豈有二哉
其相似也適然予在淮南
為正之道子固正之不予

花气薰人欲破禅

——读黄庭坚《花气诗帖》

黄庭坚，字鲁直，号山谷道人、涪翁。洪州分宁（今江西修水）人。生于宋庆历五年（1045），卒于崇宁四年（1105），享年六十岁。少有才名，二十二岁成进士，后以诗文见知于苏轼。诗为江西诗派宗主，与苏轼齐名，世称“苏黄”。与张耒、晁补之、秦观俱游苏轼之门，称“苏门四学士”。书法与蔡襄、苏轼、米芾并称“宋四家”。

《花气诗帖》，或称《花气薰人帖》，纸本，纵 30.7 厘米，横 43.2厘米，台北故宫博物院藏。此帖无款印，原附在元祐二年（1087）寄扬州友人王巩二诗之后，前有识语：“王晋卿（诜）数送诗来索和，老懒不喜作，此曹狡猾，又频送花来促诗，戏答。”

帖书七绝一首：“花气薰人欲破禅，心情其实过中年。春来诗思何所似，八节滩头上水船。”“破禅”一语，我不甚懂，揣其文意，盖花气薰人，动摇禅心之谓。“八节滩”，白居易有《开龙门八节滩诗》，确有其地，而此处泛指险滩。送诗索和，送花促诗，奈何“心情其实过中年”，已经不会轻易悸动。春来诗思，竟如八节滩头逆水行船，颇觉艰难。全诗确有一种“老懒”的倦倦之意，而不知何故，情景交织之后，却暗中跃动生机。

宋哲宗元祐二年（1087）丁卯，黄庭坚四十二岁。是年，黄庭坚与苏轼、张耒、秦观、晁补之、米芾、李公麟等十六人雅集附马王诜西园，即“西园雅集”。李公麟有《西园雅集图》，米芾有《西园雅集图记》。黄庭坚早年楷书、行书，多仿苏轼，《王纯中墓志》即元祐二年（1087）作品，乃作“苏体”。苏轼不长于草，黄庭坚的草书，另有所学。

黄庭坚说：“学书三十年，初以周越为师，故二十年抖擞俗字不脱。晚得苏才翁、子美书观之，乃得古人笔意。其后又得张长史、僧怀素、高闲墨迹，乃窥笔法之妙。”大约也是就草书言之。周越有书迹传世，《花气诗帖》与之也不甚相似，结体上或许有点《瘗鹤铭》的意思，用笔上则基本上是颜真卿的况味。《花气诗帖》的好，其实无需多说，用笔如篆籀，入纸三分；结字奇宕，放逸而不粗野；章法前紧后松，“实过中”三字得法得势，“中”字长竖分割空间，造虚布白，为章法之字眼；全篇不激不厉，有水流花开之境，令人玩味不尽。其不好，则点画虽能沉著，“方点”的特色尚不明晰，节奏也略觉拖沓；结字因一例中宫紧蹙，尚歉拘束，有些取斜势的字，补救似力不从心；章法上，第三行行气不畅，第四、五行有些破碎，总之，有许多不尽如人意的地方，说句对古人、今人都不敬的话，有点像美院的临帖作品，法度都在，少点情性。

黄庭坚《花气诗帖》

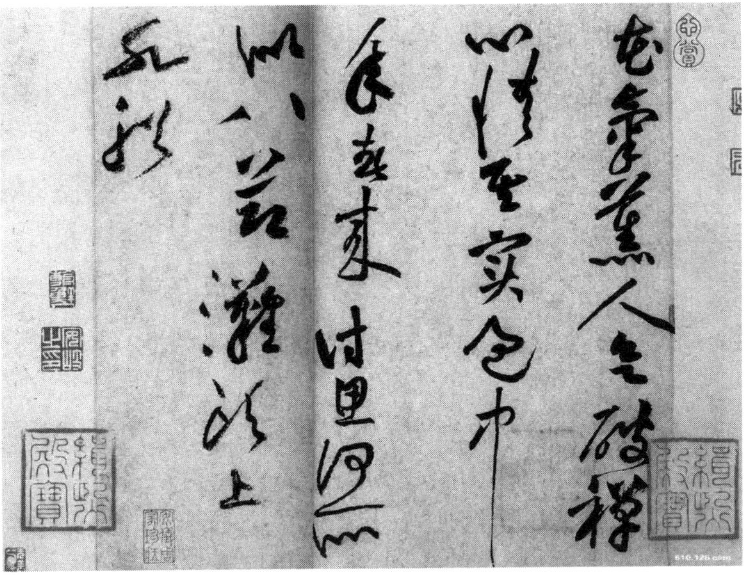

张旭、怀素之后，大草成就，恐怕还没有人可与黄庭坚相颉颃。我这里对《花气诗帖》的种种不满，岂非蜀犬吠日？曾敏行《独醒杂志》云：“元祐初，山谷与东坡、钱穆父同游京师宝梵寺。饭罢，山谷作草书数纸，东坡甚称赏之。穆父从旁观曰：‘鲁直之字近于俗。’山谷曰：‘何故？’穆父曰：‘无他，但未见怀素真迹尔。’山谷心颇疑之，自后不肯为人作草书。绍圣中，谪居涪陵，始见怀素《自序》于石扬休家。因借之以归，摹临累日，几废寝食。自此顿悟草法，下笔飞动，与元祐已前所书大异，始信穆父之言不诬，而穆父死已久矣。故山谷自谓得草法于涪陵，恨穆父不及见也。”绍圣元年（1094），黄庭坚自言于黄龙山中，忽得草书三昧，时年四十九岁。绍圣四年（1097），钱勰（穆父）卒。黄庭坚草书传世名迹，大抵为绍圣之后的作品，旷代杰作《诸上座帖》约为元符三年（1100）时所作，“穆父死已久矣”。

也有人说《花气诗帖》是崇宁元年（1102），黄庭坚五十七岁时的作品，我不大相信。即便真是晚年所作，我也不改变上述看法。黄庭坚有意做诗人、有意做书家，虽然上苍没有给他苏轼那样的天才，然而他以学力补天分，终究可与苏轼分庭抗礼，这也挺励志的。其一生际遇坎坷，然而毕竟生于重文之世，师、友乃至政敌，皆第一流人物，也算是幸运吧。

不知何故，总觉得这首诗，像是谶语。

2014年8月20日

议论

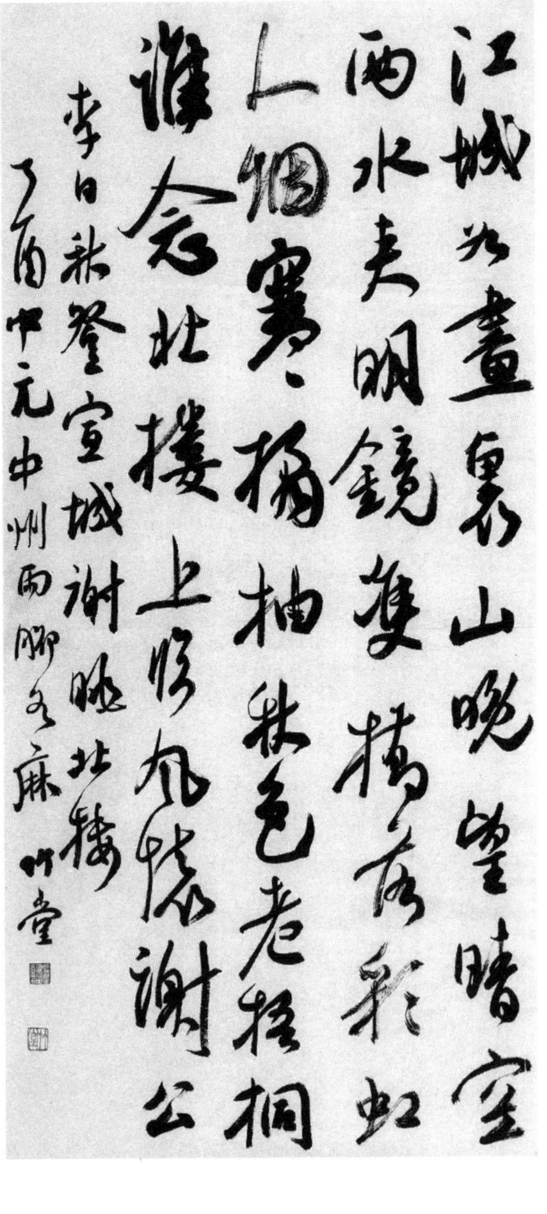
江城如畫裏山晚望晴空
兩水夾明鏡雙橋落彩虹
人烟寒橘柚秋色老梧桐
誰念北樓上臨風懷謝公
李白秋登宣城謝朓北樓

无奈的日常书写

日常书写这个话题，谈起来有点伤感，因为，我也算个书法爱好者吧。

谈日常书写之前，先说书写。当代人，还需要书写吗？大概推行无纸化办公已有几十年了吧。开会的时候，有时我们拿起笔，做出记录的样子。实际上，正式的讲话稿，都有电子文档。记不了多少时候，就厌倦了，或煞有介事地画些线，或干脆在纸上意识流式地胡写乱画。至于详细记录讲话者的脱稿讲话，过去做记者的，大抵都学过速记，现在谁还会这门手艺儿？取而代之的，是键盘。在饭店点菜，过去，服务生拿个小本子，在一旁貌似毕恭毕敬地记录；现在用平板电脑，或通过微信扫码的形式，顾客自己完成……天地江河，无日不变，世界潮流，浩浩荡荡，除了法律意义上的签名，我实在想不出书写还有什么存在的必要。我曾参与编写小学生书法课教材的工作，按有司的要求，小学生，甚至中学生，都要练习硬笔字，我深不以为然。在我看来，小学生早晚要拿着平板电脑上学，练硬笔字实在没有必要。然而我希望每个小学生都学点书法，也就是毛笔字，而且一开始就要学经典法书，原因，与此文主题无关，不多说了。

姑且不谈书写行将消亡这样的话吧，让书法爱好者气短。我们在书法范围内，谈谈日常书写与非日常书写。生活中很多概念是模糊的，没有明确的内涵和外延，真要较真儿，倒越辨别越让人糊涂。甲骨文有先书后刻的，也有直接刻的，算日常书写呢，还是不算呢？金文大部分是铸的，也有刻的，其书丹原貌，或者说是否都有书丹，很难一一说清楚，算什么呢？简牍，大概算日常书写？碑刻，如汉碑、魏碑、唐碑，庄重其事者，大概不算日常书写吧？经生为了挣计件工资，日以继夜，手不停挥，算不算日常书写呢？书法作品时代不一，门类众多，详加区分，也没有什么必要。揣想，所谓日常书写，就书法范围内言之，大概指的是笔记、尺牍、文稿之类，非日常书写，大概指有意书写的所谓“作品”。

要说日常书写一定是自然的，创作的“作品”一定是不自然的、做作的，也不一定。像王羲之尺牍，颜真卿《祭侄稿》是自然的，也是高级的。苏轼《黄州寒食诗》，不是诗稿，但也是自然的、高级的。古人寄出的信，其实也并非全是一挥而就，他们往往有底稿，誊清以后再寄，留传下来的，居多是誊清的版本。王铎诗稿，满纸圈点，改得昏天黑地，的确自然，而且高级。我看过梁启超的著作稿，确实是草稿，但往往文不加点，书写精工，比一般人誊清的还要清爽。不过，总体而论，最见性情，最动人的作品，当然属于尺牍、文稿一类的作品。之所以这样，原因是文人书家，写信写文章时，注意力多在文辞，而不在书法，这样反而做到了任情恣性。而这些文人书家，原有扎实的基本功，书写的过程中，不假思索，书写就会应规入矩，而且潜意识里，还会求好求雅，这就是所谓“有意无意之间”“无意于佳乃佳”的状态。

大抵宋元之后，特别是明代之后，书法作品除了庄重其事的碑版，除了尺牍文稿之外，还有用于厅堂装饰的屏轴对联之类，“作品”意识肯定加强了，“作品”的美术属性，自然要求胸有成竹，所以经营的因素就会多些。然而我们看前辈书家，比如有民国教育背景以前的书家的作品，并不觉得太做作，或者说“创作”的色彩并不特别强烈，不特别刺眼。我认为，这是因为有文辞的制约和牵涉。有点文化的人写字，绝不是随便抓个内容就浪写一通的。记得多年前，我参观一个纪念馆，纪念馆里挂着些书画。前辈学者书家，一般是先作一首纪念前贤的诗，然后书之；而一些当代名家的作品，所书诗文，大多与纪念馆的主题了无关涉。这样的作品是空心的、干瘪的，或者说是没有文化内涵的。没有文化内涵的作品，充其量，也就像是一幅画，再谈自然不自然，就越发虚妄了。

当代书法家写错字的现象十分普遍，且不说自作诗文这样的高标准严要求，即便抄录前人的诗文，真正理解诗文意思，从而产生共鸣者，也概乎不多。抄录既毕，有些书家想显摆一下文化底蕴、文学修养，也在落款时发一些感慨，这原是文雅的传统，然而一发之下，用字、语法、见解的舛错浅薄，一股脑地爆发，实在有聪明反被聪明误、画虎不成反类犬的意味。这样的书法家，即使坚持用毛笔日常书写，笔记、文稿、尺牍，又会高妙到哪里去呢？

自20世纪80年代以来，时不时就会有书家者流在文章里说，当代书法如何辉煌，如果仅就技术而论，已经超越了某朝某代等等，真有点皇帝新装的胆量。我不否认，由于信息发达，教学专业化等因素，当代书法技法教学，确有胜过古人之处，但作品的气息、意境，恐怕就不是技术训练所能达到的。有些教学流派重构成，拿到一个内容，要反复设计才能进入“创作”，倘若突然给一个新内容，因为没有设计过，写出来就一无是处，甚至束手无策，不敢书写，还谈什么日常书写呢？实际上，技术也并不是方圆绞转那么简单，高超的技术，与高超的心性，如刃之与利，不可分割。书法总是需要点天分，需要点学养，最后才是需要点功夫。适读徐世溥《与钱牧斋先生书》，他说“抑人固有工乎临摹，而不能命笔者，近如俞可进乳银写《黄庭》《曹娥》，西升清净，靡不似也。而自运即不成书，此由天限，能为从而不能为主”。不客气地说，现在差不多人人都是俞可进。据说，有些学院的临摹教学，就一个评判标准：把原帖与临作重叠，映日视之，严丝合缝，即为及格。我打心眼里非常钦佩这种训练方法，也常常自卑没有经过这样的严格训练，即便如此临帖免不了做作，免不了优孟衣冠，也毕竟令人骇异。但是，即便把羲献杂帖临得滚瓜烂熟，写出来的尺牍书疏，是不是就能“远逾宋唐，直攀魏晋”，使山阴风流，顿还旧观呢？

青灯黄卷，孤舟行旅，雨窗吟咏，迢递双鱼，红袖添香，竹林唱酬，旧时温情，难以为怀。然而时移世易，今月曾经照古人，古人不见今时月，“焉得思如陶谢手，令渠述作与同游”。我在临帖写字之余，偶尔也拿毛笔做些笔记，随记随掷，也不当回事。要说是日常书写，恐怕只能报以苦笑。在这个社会，即便我谋职于书法传媒，即使不拿毛笔，也完全可以生存。我工作用电脑，学写文章学写诗用电脑，写字只是一种爱好，原与抽烟一样，是个嗜痂之癖，不好戒，即便近年偶尔居然有了回头钱，也不自以为得计，更断然不敢以“弘扬优秀传统文化”自任。习静者有云：刻意追求的功德不是功德。假令兴之所至，随手用毛笔写了点什么笔记书信之类，写了就写了，又当如何？据说，现在，还有坚持不用手机的人，还有坚持用毛笔写小说的人，还有坚持用毛笔写信的人，当然更多坚持留长头发的人，我佩服他们与古为徒的勇气。只是想，要是有更多的“其心古、其行古、其言古”的“今之古人”，那就更好了。

在浮躁的世界，想起沉静；在做作的世界，想起率真；在功利的世界，想起自适；在腆颜的世界，想起矜持；在亢奋的展厅之外，想想书斋里的日常书写，也好。

2018 年 11 月 20 日

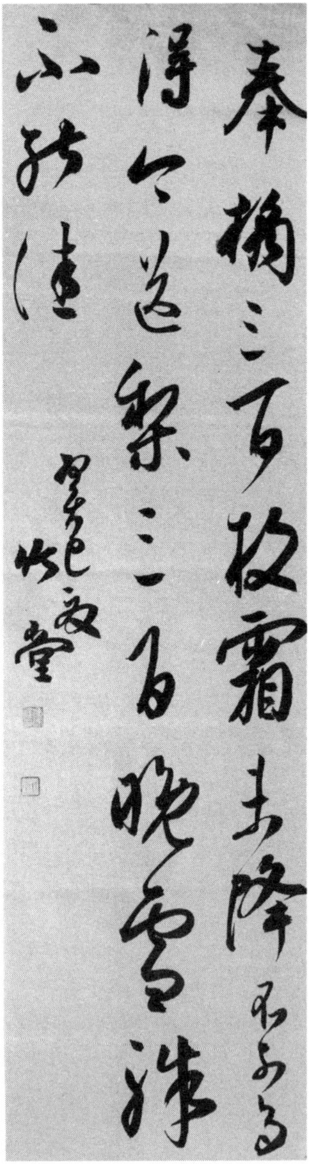

也谈书法与文化

近些年，“文化”这一话题，在书法界一直热门。本来无须讨论的事，反而给人一种新课题的感觉，所以，我也想掺和一下。但是，准备要说两句的时候，倒真感觉有些麻烦。那就不妨漫谈。

一

循其本。

文字应该也是大众创造的，但一经归纳整理，成为记录语言的工具，则需专业学习掌握，写字就成了读书人的事。《汉书》说：“古者八岁入小学，故周官保氏掌管国子，教之六书，象形、象事、象意、象声、转注、假借，造字之本也。”即便到20世纪上半叶，“识字人”在社会上还是少数。古代识字人当更少，读书识字，属于上流社会，或者说统治阶级的专利。

汉以前写字的人少，书法艺术还没有到“自觉”的程度，但人们求美的天性是与生俱来的。甲骨文里就有练习刻字的骨片，汉代有不少练习《急就篇》的简牍。整体上，人们最初的审美趋尚，一例是偏向整饬的。东汉丰碑大碣，一定是高手所书，一般点画完备，结构稳妥，行列齐整，有生机勃发的美感。后世魏碑、唐碑，社会意义上普遍认为好的，也大抵是趋于精工者。

然而书法的自觉，或者说书法艺术的萌芽也在汉代，倒是以突破最基本的审美范畴为标志。赵壹的《非草书》，绘声绘色地描述了人们热衷于草书的情状。“十日一笔，月数丸墨。领袖如皂，唇齿常黑。虽处众座，不惶谈戏，展指画地，以草刿壁，臂穿皮刮，指爪摧折，见鳃出血，犹不休辍。”当时的草书，虽然可用于属稿通问，但毕竟也不算是日用书体，这说明杜度、崔瑗、张芝带动起来的草书热，是一种脱离了实用功利的艺术运动。艺术是能够带来快乐、能让人上瘾的，“慕张生之草过于希孔颜焉”，也不奇怪。差不多同时代的蔡邕，把书法提升到理论高度，标志着书法成了一门艺术。

实际上，文人士大夫热衷草书这一风尚，是延续到六朝的。锺繇没有草书传世，但传说中“与人居，画地广数步；卧，画被穿过表”，所画我疑心也是草书，或者充其量是原始的行书。王氏一门的尺牍，草书占十之八九，他们用以“风度相高”的书迹，大概主要是草书。从书法史意义上说，简牍肇始于大篆时代，到了东汉，简牍上的草书，已相当发达。可能是由于辨认的需要，草隶相参，有了原始行书；原始行书再加规范，即成楷书。锺繇的楷书，近乎原始行书，到王羲之，才算有了标准的楷书。外因的实用便利，内因的求美尚趣，奠定了文人书法的基础。

大抵书法滥觞于民间，创立于精英，在文化人手里登峰造极。

二

初期的鼎鼐重器，丰碑大碣，未必不是高级官僚、文化人所书。如李斯书泰山刻石，传蔡邕书《熹平石经》，传锺繇或梁鹄书《上尊号奏》《受禅表》。唐欧虞褚薛颜柳，无不书碑。然而大量汉碑不著书丹者姓字，或许他们真的没有那么重要，只是书法家而已。史传韦诞题凌云台，戒子孙绝此楷法；王褒入关，崎岖碑碣之间，辛苦笔砚之役，引为恨事。所以，若非国家重典，池胄清华的上流人士，视碑碣为匠作之役。魏晋禁碑，书手刻手，江河日下。南方的“二爨”，稚拙可掬，即王谢家族的《王兴之夫妇墓志》《谢鲲墓志》，欲隶未能，欲楷未工，折刀头方正字，实非佳品。北魏碑志大盛，书手刻手，精益求精，顿还东汉旧观。而楷法精美者，如诸元墓志，于锺王不遑多让，大约也受南派影响。造像记则良莠不齐，或书刻皆佳，或书佳刻不佳，或书刻皆劣，不一而足。刻手或不识字，以致刻失行次，文意缭乱，比葫芦画瓢，错字满篇者，比比皆是。黄肠石、刑徒砖、残纸文书之类，大抵下层小吏笔迹，无足多者。经生为人佣书，计件为酬，务求纯熟，并不以才情为鹄的。凡此种种，皆非文化人之事，至少在当时不代表“先进文化”。

然而时移世易，当初没多少文化的作品，也渐渐被纳入书学视野，甚至骎骎然欲与经典分庭抗礼。清代碑学兴起之初，人们还只是看重碑志中的名品。到清代，康有为扩而展之，称“魏碑无不佳者，虽穷乡儿女造像，而骨血峻宕，拙厚中皆有异态”。后经文言式微，毛笔弃用，传统文化遭受浩劫之余，书法复兴，唯展览是举，厅堂争艳，与人文血肉联系，日益废弛，美术化倾向成为大趋势。碑学视阈，遂无限扩充，凡一切字迹，略具趣味者，好异尚奇之士，趋之若鹜矣。平心而论，非文人书作，确实有一种天质之美，其陌生感、丑拙感，可与精工秀丽者形成某种对峙。以“非圣无法”“解构经典”为特征的现代艺术思潮，发现了这种特质，予以张扬，当然有其独到的价值。经典当然是颠扑不破的，但非经典即被视为洪水猛兽，却不可取。如果连书法这种现在已经处乎社会边缘的艺术中，也不允许探索，不允许越雷池一步，驯良则成为禁锢，还谈何独立、自由的思想意志？当然，对“丑”的探索，必须也以“美”为鹄的，否则肆意曝其丑恶，摧残人性，那就不是艺术问题，而是心术问题了。

三

我认为，书法需要笔墨技术起点，繁体字和文言语境，所以，至少需要古代中国文化常识。

所谓笔墨技术起点，即有用笔、结字、布白的能力。这关乎学力，也关乎天才，看似容易，做到也不容易。基本的技法，可以通过学习一家一帖实现，然而真要学好，却不能局限于一家一帖，必须会通古今、会通诸体，才能真正驱遣技法，随心所欲不逾矩。终生勤于临习，而眼界所限，不能理解所临碑帖者，往往十之八九。即便颇有眼力，而手不应心者，又往往十之八九。所以，古代文化人，人人写毛笔字，差不多人人临帖，差不多人人有一定的鉴赏能力，而真正成为“书法家”者，也是凤毛麟角。

学习书法需要临帖，所以必须认识、使用繁体字，这恐怕是无需证明的。简体字的“造型”功能不大强，很多字写起来不舒服，写出来不好看，也是不争的事实。文字趋简，是大趋势，且不说由篆而隶而楷，就是为了书写方便，即便楷书稳定之后，也有很多字，是由古代的俗写简体，慢慢扶正的。但是，文字除了简化，也有繁化，就是为了区别文义，一字派生出若干字，各有其特定的意义。简化字方案，强行把繁化的回归简化，就造成了繁简不能一一对应的现象。现在的书法家，以简体字为基础，再转化为繁体字时，就出现了种种笑话。近年来，展赛一般规定作品用字不得繁简混用，但几乎没见过纯用简体字的。作为一个文化人，肯定要读古代的书籍，只读简体横排的书，不客气地说，说明文化积淀是有限的。很多大学文科毕业生，不能读繁体竖排的书，更无论读白文本的句读能力，我们不能说这些人没有文化，但至少可以说，传统文化常识是不够的。另外，我个人认为，书法适合文言语境。古诗文，或者当代人写的“新文言”，有特殊的语辞节奏，是白话文不具备的。也有白话文内容的书法作品，总感觉有点像抄书或标语，差那么一点意思。“五四”时期的作家，一般文言、旧体诗词写作水平，与白话创作水平同样优秀，他们白话文的手稿，也可以说是很高级的书法作品，但他们在有意书写一件书法作品时，往往还要采用旧体诗文。其原因，一方面是因为旧体诗文精练，很少的文字，就能表达很完整、很深永的内涵；另一方面，就是文言的节奏感，有音律之美，正与书法合拍。“单微直凑”，长于短章，是中国文学（古典散文、诗词）的特征。古诗文适合书法，古小说、戏曲就不太适合，西化的句子就更不适合。

沉溺于书法技法，涵泳于古诗文，当然就会牵涉到文学、历史、哲学、艺术等问题，笼统地说，就是牵涉经史子集四部之学，也就是所谓“国学”。古代的书法作品，往往不是“为艺术而艺术”的，它是古代文化人生存方式的艺术表现形式，所以内容无所不包，搞清楚碑帖的内容，就会牵涉到古代文化的方方面面。如果不知道临的帖说的是什么，那不是“书匠”又是什么？

所以，我认为有技法基础、有文言基础、有古代文化常识基础，是书法家的起点。至于天分如何，创作能力如何，人生际遇如何，社会影响如何，历史地位如何等，则是以后的事，靠禀赋、靠努力，也靠缘分。

四

赵之谦《章安杂说》云:“书家有最高境,古今二人耳。三岁稚子,能见天质;积学大儒,必具神秀,故书以不学书,不能书者为最工。”三岁稚子,能见天质,是真的。但三岁稚子,还不认识字,所以成不了书法家,这里说的“最工”,也就只有理论意义,没有实际价值,所以不必论。反过来,积学大儒,必具神秀,也是真的。但事实上,古代的积学大儒,基本上都擅长书法,确实都具神秀,但并不一定“最工”。否则,书法家水平的衡量,直接按学问大小排列就行了。而“最工”的书家,也不一定是积学大儒。即赵之谦的书法,在清代完全可以列入“最工”的范围了,他学问渊博,而且“诗文书画,俱第一流”,但在清代学问家中,是不是能名列前茅,恐怕也不好说。

严羽《沧浪诗话》说:“夫诗有别材,非关书也。诗有别趣,非关理也。而古人未尝不读书、不穷理。所谓不涉理路,不落言筌者,上也。”比照而言书法,则:书法有别材,非关书也。书法有别趣,非关理也。而书法家未尝不读书、不穷理。书者,形也,它是独立的艺术形式;同时,书者,如也,曲折地反映书家其志其才其学其人。

撇开人书无法同时考察的“民间”书法,就经典书家和经典作品而论,大抵可以说:书法家一定要有文化,有文化不一定能成书法家,没有文化一定不能成为书法家。

要是有人说,我官大,我会写小说,我有最高学位,我有最高职称，我写的字“必具神秀”，我的“书卷气”可以横扫书坛的“书匠”们，那只能报以“嘿嘿”。要是有人说，我就不读书，我有会员证，我入展了，我获奖了，我引领创作风尚，我就是书法家而且是优秀书法家，那只能报以“呵呵”。

由于种种原因，当代书法界文化薄弱、苍白的现象，是毋庸讳言的。文化的修复与重建，需要无数个体的长时段累积，不会一蹴而就，甚至不会一帆风顺，也肯定不会通过若干次培训就解决问题。而就我接触到的青年书法家群体而言，他们大都有天分、有技术基础，而且肯努力读书，一心向学。随着时间的推移，每个人都会有进步，都会积学渐厚。而且，社会承平，提倡继承弘扬优秀传统文化，则后辈胜过前辈，当下已成现实，将来更可期望。倒是有些常常发出谆谆教诲者，自己却未必肯下真功夫，或者也想下真功夫，但基础浇薄，时不我与，也是无可奈何。而不论以经验指授，还是以教训戒勉，出发点总是好的。总之，我看到的书坛，对于文化、知识的态度，是一心向往，并没有什么抵触的。不学而欺世，招摇以惑众者，我未之尝闻，也懒于理会。

五

书法近年好像有点凉了，但也还是热。百业千行的专家，纷纷拿起笔来，要实现跨界，这就引发了两个问题。

其一，书法家除了展赛“成绩”之外，好像拿不出其他成果，与古代书法家相比，职业化、专业化之下，文化意义显得薄弱。艺术是强调会通的，书法尤其如此，古代书法家中，政治家、军事家、文学家、学者、高僧、画家，多重身份交织，底蕴深厚，的确是事实。时代不同了，当代书法家，有书法家必须掌握的技术和文化，就已经不易了。等到书法真复兴到一定程度，全社会文化人都有书法基础，多有书法爱好时，自然就会在不同领域内涌现书法家。所以，我们面临的问题是让书法进一步普及，而不是让书法家努力学习去成为多面手。而且，不少有远见、有紧迫感的书法家，也正做着多方面的努力。

当代书法复兴过程中，展赛居功至伟，但书法家起步于展赛，终了于展赛，就显得可怕，甚至可怜。少年时，在展赛中获得兴趣；青年时，在展赛中崭露头角；壮年时，在展赛后获得身份；中年后，在展赛中培植新人。而新人慑于势，诱于利，彬彬然师事之而心实薄之，不亦悲乎？当年沙孟海先生说，启功先生有学问，颠扑不破。事实也正是这样，启功先生身后，望愈重，字愈贵，恐怕不是主席职务和教授职称带来的。而在位时挡不住切切私语，退位后免不了人走茶凉，没世后即刻被人淡忘者，正亦不少。有学无学，不可同日语也，而有才无才在天，有学无学在人，可不惧焉？

其二，百业千行的专家，都来搞书法，本来是再好不过的事情，但忽视了书法的门槛。书法的第一道门槛是技法；第二道门槛，就是书法作为一门专业，必须有相当的文化常识。技法的问题，就不多说了。字写不好，其他也就谈不上。比如医生，要有医德、医术，其实医术是基础。没有医术，来一个病人治死一个，就是在作恶，还谈什么医德？不临帖而自诩境界者类乎此。还有，搞书法需要有书法的专业知识，自不待言。即使普通的文化常识，也并不是只有书法界欠缺。作家、政工专家、经济专家等专家，不认识繁体字，不懂平仄格律，不懂干支纪年，不大读懂文言文者，不在少数；分不清篆隶草楷，不知道书体流变，不清楚书家生平者，那就更多了。你说这算不算文化人？影视剧中，常常有前代环境中挂着后代人诗文书法作品的现象，常常有古代客厅里挂着当代人落款书法作品的情况，你说编剧、导演、美工算不算文化人？至于一省长官不认识本省简称者，名校校长称小篆为“小隶”者，你说算不算文化人？会不会“必具神秀”？当了官了，发了财了，人一阔脸就变，就会有无所不能之感，哄哄然牛得不可收拾，几斤几两，还要自己掂量。

文化云者，以文化人，本来就不是朝夕间事。任重道远，不局限于书法也。

2019 年 8 月 7 日

图书在版编目（CIP）数据

竹堂余事 / 孟会祥著．— 郑州：海燕出版社，
2020.7
（竹堂文丛）
ISBN 978-7-5350-8273-2

Ⅰ．①竹… Ⅱ．①孟… Ⅲ．①随笔－作品集－中国－当代 Ⅳ．①I267.1

中国版本图书馆 CIP 数据核字（2020）第 092184 号

选题策划 黄天奇
出版统筹 胡宜峰
责任编辑 王纪东
书籍设计 张 胜 刘 瑾
美术编辑 刘 瑾 谢 珂
责任校对 谢斯淇
责任印制 邢宏洲
责任发行 贾伍民

出版发行 海燕出版社
（郑州市郑东新区祥盛街27号 邮编：450016）
发行热线 0371－65734522
经　　销 全国新华书店
印　　刷 河南瑞之光印刷股份有限公司
开　　本 32开（890毫米×1240毫米）
印　　张 4.75印张
字　　数 100千字
版　　次 2020年7月第1版
印　　次 2020年7月第1次印刷
定　　价 35.00元